KB127789

# 복수의 길

강준현 장편 소설

FUSION FANTASTIC STORY

도서출판 청어람

# 복수의 길 8

강준현 장편 소설

초판 1쇄 찍은 날 § 2014년 10월 24일
초판 1쇄 펴낸 날 § 2014년 10월 31일

지은이 § 강준현
펴낸이 § 서경석

편집부장 § 권태완
편집책임 § 박용서

펴낸곳 § 도서출판 청어람
등록번호 § 제1081-1-89호
등록일자 § 1999. 5. 31
어람번호 § 제1-1967호

주소 § 경기도 부천시 원미구 부일로 483번길 40 서경B/D 3F (우) 420-822
전화 § 032-656-4452 팩스 § 032-656-4453
http://www.chungeoram.com
E-mail § chungeorambook@daum.net



ISBN 979-11-316-9260-8 04810
ISBN 978-89-251-3658-5 (세트)

강준현 장편 소설

FUSION FANTASTIC STORY

# 복수의 길

8

[완결]

도서출판 청어람

복수의 길

## CONTENTS

# 1장

## 계획

냉정하게 생각하자!

속으로 수십 번 외쳐 보지만 전혀 냉정해지지 않는다.

심장은 터질 듯이 두근거렸고, 피는 부글부글 끓어 금방이라도 증발할 것 같다.

아무런 생각도 나지 않는다.

생각하려고 방금 전의 통화를 떠올리면 뭔가가 블랙홀처럼 앗아가 버린다.

흐~읍… 하아~

눈을 감고 입술을 입천장에 대고 호흡을 한다.

행공이었던 호흡법을 좌공으로 바꾼 후 난 안정성이 높다는 좌공에만 매달렸었다.

하지만 지금은 좌공을 할 수 없는 상황. 잡으면 잡을수록 생각이 멀어져 가니 일단 놓아주기로 하고 행공으로 호흡을 한다.

지나가는 사람들은 서서 잔다고 힐끔거렸지만 잠시 후 그마저도 잊고 호흡을 했다.

심장은 서서히 제 속도를 찾아갔고, 피는 식어간다.

그와 함께 머리가 돌기 시작한다.

멍청이! 바보!

잘난 척은 있는 대로 했으면서 막상 큰 문제가 발생하자 그따위 대응이라니… 난 아직 멀었다.

생각해 보자.

봉구 형, 우니, 해윤이 세 사람이 한국에서 클로버에게 잡혀 있다.

셋을 죽이…….

다시 심장박동이 올라간다.

침착하자, 침착!

셋을 죽이고 클로버 혼자 넘어오느냐, 셋을 데리고 이곳으로 넘어오느냐, 이것이 가장 먼저 생각할 일이다.

거치적거릴 게 분명한데 클로버가 과연 셋을 데리고 올까?

물론 데려올 이유는 있다.

인질이 없다면 내가 도망갈 수 있기 때문이다. 그는 내가 도망가는 걸 병적으로 싫어했었다.

그래서 고 선생님을 잃었지만 말이다.

그렇지만 인질을 데리고 공항을 통과하는 건 위험천만한 일이다. 여권은 물론, 공항을 지키는 무수한 사람들의 눈을 속이고 한 명도 아닌 세 명을 데리고 아무 일 없이 통과할 수 있을까? 협조한다고 하면 모를까 거의 불가능에 가깝다.

그래, 협조!

아까 전화 통화를 할 때 이상한 점이 있었다.

해윤이의 목소리엔 위험이나 위협을 당했다는 느낌이 없어 보였다.

위화감 없는 목소리…….

최면이다!

섬에서의 모든 무술은 클로버에게서 나왔다는 게 내 생각이었다.

그런 그라면 디오네보다 더 강력한 최면이 가능할 터.

"휴우~ 빌어먹을."

세 사람이 클로버에게 납치(?)된 상황인데 당장 죽지는 않을 것이란 생각이 들자 안도를 하는 내 속마음에 짜증이 난다.

'살아만 있어, 제발!'

지금 내가 할 수 있는 일은 아무것도 없었다.

그가 올 때까지 준비하며 기다리는 수밖에.

물론 노찬성 회장의 경호실장님에게 연락을 할까 하는 생각도 했다. 하지만 그가 나선다고 해도 계란으로 바위 치기일 뿐이다.

다가오는 인기척에 상념을 지운다.

"여기 있었네."

"할아버지랑 얘기는 잘됐어요?"

"그 얘기 전에, 아까 한 말 의도가 뭐야?"

아까 한 말이라면 좋아한다는 거, 결혼하겠다는 걸 말하는 건가.

"불순한 의도는 없어요. 다만 누나가 얽매이는 것 없이 좀 더 자유롭게 살았으면 하는 바람이죠. 그리고 간혹 전통문화 교류도 하고요."

"…날 위했다는 소리가 터무니없이 들리긴 하지만 이번엔 용서하지. 그러나 다음부턴 그런 소리 하지 마."

"완전히 터무니없진 않아요."

"뭐?"

"용서하기로 했으면 넘어가요. 이젠 결론이 어떻게 났는지 말해봐요."

"그 전에 한 가지 더."

이러다가 밤새우겠어요!

"할아버지가 거절하면 어떻게 할 생각이지? 거짓말할 생각이라면 각오하는 게 좋을 거야."

머리는 좋은 아가씨다. 하긴 할아버지 핏줄이 어디로 가는 건 아닐 테지.

"황보유천에게 갔겠죠."

"역시 그런가? 목적이 뭐지?"

목적이야 뻔하다. 그렇다고 진짜 목적을 얘기하면 손을 잡을 수 없다.

적당한 답이 필요하다.

"누나를 위해서라고 한다면… 각오를 해야겠죠? 한 가지 원하는 게 있어요. 대신 일이 끝나면 말해도 될까요?"

"팽이라도 할 생각인가?"

너무 멀리 가진 맙시다. 그건 차선에 불과하니까.

"돈을 조금, 아니, 많이 잃을 수 있는 부탁이죠."

"어떤 사업권을 욕심내는 건가?"

"그렇다고 해두죠."

"좋아. 나 역시 마음에 안 드는 부분이니까."

엥? 내가 원하는 걸 알고 하는 소린가?

이 여자… 어디까지 알고 있는 거지?

"아까 네가 할아버지께 그랬지. 상대도 생각할 줄 안다고. 맞는 말이야. 나도 너와 같은 의견이야."

"도통 이해 못 할 말이군요."

"이해를 못 한다면 어쩔 수 없지. 할아버지가 너와 얘기하고 싶어 하셔. 얼마나 잘난 계획이 있는지 말이야."

무슨 생각을 하는지 모르니 답을 망설이게 된다.

하지만 제갈화령은 이미 뒤돌아섰고, 난 뒤를 따른다.

*　　*　　*

중국이 우리나라와 가장 다른 점은 배달 음식이 없다는 것이다.

'배달영웅' 이라는 외국 업체가 중국에 자회사를 세웠지만 아직까지 한계는 있었다.

"밖으로 나가기엔 할 말이 길어질 것 같으니 음식을 사오게 하는 게 어떠신지요?"

"그렇게 하지."

"그리고 조금 전 무례했던 건 사과드리겠습니다."

"사과는 자네의 계획을 들어보고 받기로 하지. 그리고 다시 한 번 그런 태도를 보인다면 용서하지 않을 생각이니 조심하게."

"그런 일은 이제 없을 겁니다."

장담은 못 하지만 말이다.

한국은 의식주(衣食住) 문화지만 중국은 식주의(食住衣) 문화다.

어떤 것보다 먹는 것이 우선이라 동네 마실 나온 차림의 아저씨가 백화점 명품 코너를 싹쓸이한다는 얘기는 이곳에선 놀라운 얘기도 아니었다.

제갈화령의 집사가 사온 양은 거실 테이블을 가득 채우고 바닥에까지 놓아야만 할 정도였다.

"거대한 조직이군요."

"그래서 이제 와 발뺌할 생각인가?"

식사를 하는 한 시간 동안 천외천의 조직에 대해 얘기했고 내 손에는 간단히 그린 조직도가 들려 있었다.

사실 능려안이 말해준 내용에서 문주를 지키는 문주 직할대와 각 단주를 지키는 단주 직할대가 있다는 걸 제외하곤 큰 차이가 없었다.

다만 천외천에 대해선 모르는 척해야 했기에 한 말이었다.

"천외천이 아무리 거대한 조직이라 해도 머리가 잘리면 그때부턴 여느 조직과 다를 바가 없습니다."

"그야 그렇지. 다만 머리 자르기가 쉽지 않을 거야."

"잠시만 생각 좀 하겠습니다."

"난 차를 준비할게."

조직도를 뚫어지게 보며 생각을 하는 사이 제갈화령은 차를 준비했고, 제갈무량은 내게서 눈을 떼지 않는다.

"장로들의 수준은 어느 정돕니까?"

"거의 비슷비슷하지."

"만일 화령 씨—제갈무량은 여전히 내가 제갈화령과 결혼하려고 이 일에 끼어들었다고 생각한다—와 비교하면 어떻습니까?"

"화령이라면 셋 정도는 가능할 거야."

"맞아요?"

제갈화령을 보며 제갈무량의 말이 맞는지 물었다.

"…다섯."

"어림짐작이라고 해도 화령 씨가 네 명은 상대할 수 있다는 소리군요. 그렇다면 저 역시 서너 명은 가능하다는 얘기……."

기습의 묘를 살리고 최대한 내가 원하는 방향으로 싸움을 한다면 처리 못 할 인원은 아니다.

물론 예상외로 실력을 숨기고 있을 수 있다는 변수도 고려해야 한다. 그러나 제갈무량과 같은 편에 설 사람을 빼면 변수와 어느 정도 상쇄가 될 터.

"노사님과 함께 갈 사람은 누구입니까?"

"육장로인 당철표. 현 수뇌부에 대한 불만이 가장 많은 사람이지. 그리고 꼭 살려야 하는 사람도 있네."

"혹 팔장로 언문기 아닙니까?"

"맞네. 짧은 시간이었음에도 핵심은 파악하고 있군."

천외천에서 가장 평범하면서도 중요한 집단이 있다면 그건 현무단일 것이다.

청룡단은 돈을, 주작단은 정보를, 백호단은 무력을 담당하고 있어 핵심처럼 보이지만 머리가 사라진 천외천이라도 현무단만 있으면—비록 무공 면에서 떨어지겠지만—빠른 시간 안에 정상화시킬 수 있을 것이라는 게 내 판단이었다.

현무단의 장점이라면 뭐니 뭐니 해도 인력이다.

천외천이 뭔지, 현무단이 뭔지 모르면서 일을 하는 사람들까지 합친다면 우리나라의 큰 도시 인구와 맞먹을 정도라니 말해 무엇 하겠는가.

청룡단의 돈도, 주작단의 정보도 넓게 보면 이런 존재감 없는 현무단의 하부 조직들이 이룩한 것이었다.

"감당할 수 있겠습니까?"

"그자는 작은 자리에 만족하는 인물이야. 그래서 남궁상민이 그의 아들을 현무단에 앉힌 게지."

"그렇군요."

야망이 큰 인물이라도 나와는 상관없다.

일이 끝난 후 분열된다면 나로선 환영할 만한 일이니까.

"백호단이 개입할 여지는 없습니까?"

"그건 화령이에게 직접 듣는 게 낫겠지."

백호단은 각 가문의 실력자들이 속해 있는 곳으로 딱히 백호단주가 전권을 휘두를 수 없는 곳이라 했다.

제갈화령이 나섰다.

"백호단은 열다섯 명으로 이루어져 있고, 특별한 일이 있는 경우가 아니면 혼자서 움직여. 대신 파악된 위치에서 어디

론가 옮길 때만 나에게 보고하도록 되어 있지. 물론 옮기고 한참 뒤에야 보고하는 이들도 더러 있어. 명령은 문주만이 내릴 수 있고 난 협조만 구할 수 있는 형태야. 그리고 현재 국내에 머물고 있는 백호단의 수는 나를 포함해 총 여덟 명. 그중 네 명이 해치워야 할 적이지."

"그 네 명의 정보를 주세요. 개입할 여지가 조금이라도 있다면 실행하기 전에 없애는 게 좋겠어요."

"굳이 그럴 필요 있을까? 일이 끝나고 나면 그들도 우리를 어쩌지 못할 거 아냐?"

"이유를 묻고자 찾아오는 멍청이들만 있다면 괜찮겠죠. 하지만 그들 중 한 명이라도 게릴라전을 펼친다면 해야 할 일이 많은 우리 측에선 꽤나 골치 아플 겁니다."

"하긴……."

차를 다 마셨을 때, 죽여야 할 이들과 살려둬야 하는 이들에 대한 얘기가 끝이 났다.

이제 남은 건 두 가지. 실행 일자와 누가 누굴 처리하느냐 하는 것만 남았다.

"실행 날짜는 언제가 좋겠습니까?"

"8월 15일이 좋을 것 같군. 9월에 있을 차기 문주 선출에 앞서 의견을 조율하는 자리이니 모두 빠짐없이 참석할 것이네."

앞으로 십사 일.

클로버가 어떻게 나올지 모르는 상황이라 최대한 빨리 했으면 하는 게 내 바람이었다.

그러나 장로들이 모두 모이는 날이 그날뿐이라니 선택의 여지가 없었다.

"좋습니다. 그날로 하죠."

날짜까지 정하고 잠시간의 침묵.

그리고 제갈무량이 조금 무거운 분위기로 입을 연다.

"이젠 한 가지만 남은 것 같군."

이미 죽여야 할 자들을 분류할 때 생각해 둔 바가 있었기에 내가 먼저 말을 꺼냈다.

"장로들과 청룡단은 제가 맡겠습니다."

"자네 혼자 그 둘을 다 맡겠다고?"

"네."

"도와줄 사람이라도 있는 겐가? 내가 보기엔 자신의 실력을 과신하는 것처럼 보이는군."

뭐라 답할지 잠시 고민을 해본다.

도와줄 세력이 있다고 한다면 분명 이상하게 생각할 터였다.

그런데 제갈화령이 나서서 상황을 정리한다.

"뒷일을 생각한다면 저희가 나설 수 없는 상황이니 어려워도 그편이 좋겠어요. 그리고 뭔가 생각이 있으니 이처럼 자신있게 얘기하는 것이겠죠. 맡겨보세요."

"음……."

"대신 실패했을 땐 상황을 지켜본 후, 할아버지의 원래 계획대로 가면 되니 상관없을 거예요."

"좀 더 보강했으면 좋겠는데……."

새로운 계획이 마음에 들어 실패하기가 싫었는지 제갈무량이 쉽사리 허락을 하지 않았다.

그러나 뾰족한 수가 없었다. 그들이 해야 할 일도 많다는 걸 느꼈는지 결국 허락을 한다.

다음 말을 이었다.

"주작단과 장로들 외의 위험 인물들은 두 분이 맡아주셔야겠습니다."

"그러지."

"특히 주작단은 화령 씨가 혼자 처리하셔야 합니다. 독문무공의 흔적을 남기지 말고요."

"어렵지 않아."

"서양 여성 시신 한 구 구하는 거 잊지 마시고요."

"걱정 마."

우리가 벌이는 모든 일은 '피의 맹세'라는 문주령으로 쫓고 있는 S급 섬의 탈주자들이 뒤집어 쓸 것이었다.

이 얘기가 제갈무량에게서 나왔을 때 참으로 아이러니하다는 생각이 들었었다.

머리를 제거한 이후의 일에 대해서도 대화를 나눴지만 나보단 제갈가의 두 사람 얘기였기에 의견을 물어볼 때만 몇 마디 거들었다.

오후 6시가 되어서야 모든 대화는 끝이 났다.

제갈무량은 북경에서 할 일이 있다고 떠났고, 난 제갈화령에게 밖에서 저녁을 먹자고 제의했다.

묻고 싶은 것이 있어서였다.

둘만 얘기할 수 있는 자리를 잡고 둥근 원형 테이블에 음식이 차려졌다.

전면 유리로 된 창밖으로 상하이의 야경이 서서히 밝혀지고 있었다.

"어떻게 알았어요?"

북경 오리 구이를 먹다 뜬금없이 말을 던졌다.

"뭘?"

제갈화령은 쳐다보지도 않고 대수롭지 않다는 듯 식사를 계속한다.

"내가 위즈, 박무찬이라는 것 말이에요."

멈칫!

고기를 집던 젓가락이 잠깐 멈춘다.

그러나 곧 아무렇지 않게 입에 넣는다. 그녀가 말을 꺼낸 건 고기를 다 먹고 입을 닦은 후였다.

"그게 중요한가?"

"내가 어떤 실수를 했나 궁금하거든요."

"그보다는 내가 어떻게 행동할지가 더 궁금하지 않아?"

"글쎄요, 적이라 판단했다면 지금 여기에 있지도 못했겠죠. 물론 알면서도 모른 척하는 이유도 무척이나 궁금하긴 하네요."

"자유를 꿈꾸기 전에 알았다면 당연 널 잡았을 거야. 하지만 자유롭게 될 수 있다고 생각하니 천외천보다 내가 더 중요해졌거든."

"그 꿈에게 감사해야겠군요."

"네가 꾸게 해줬으니 받은 거로 해둘게."

"어떻게 알았는지는 가르쳐 주지 않을 건가요?"

"궁금하면 잠이 오지 않는 스타일이야? 안다고 바뀔 상황도 아닌데 왜 그러지?"

맞다. 나는 궁금하면 잠이 오지 않는 스타일이다.

왠지 싸움에 진 것 같은 느낌이 든다.

"크큭! 분한 표정이네. 좋아! 그냥 얘기해 주기엔 뭐하니까 너에 대해 얘기해 줘."

"나에 대한 얘기라……. 여자 얘기요?"

"아니, 섬에서 겪었던 얘기."

"밥 먹으면서 할 얘기는 아닌데요."

"그럼 차 마시면서 해도 되고."

"……."

당연히 싫었다. 남에게 해줄 만큼 즐거운 얘기도, 감동적인 얘기도 아니었다.

그런데 오늘 클로버의 전화를 받아서일까. '싫다' 는 얘기가 막상 입으로 나오진 않았다.

"술을 마시죠."

"그것도 좋지."

양주에 맥주를 시켰다. 글라스에 양주 삼분의 이에 맥주를 삼분의 일을 채운 후 냅킨을 이용해 폭탄주를 만든다. 그리고 잔에 냅킨을 그대로 둔 채 냅킨의 틈으로 흘러나오는 술을 마신다.

소주를 빨대로 천천히 먹는 것과 비슷한 방법으로 빨리 취하려고 할 때 써먹던 수법이라며 불곰이 가르쳐 준 것이다.

그렇게 세 잔 연속 마시니 이성이 조금은 사라지는 느낌이다.

"칠 년 전 어느 날, 난 누군가에게 납치됐어요. 그날이 악몽의 시작이었죠. 그리고……."

난 천천히, 그리고 최대한 분노를 억누르며 나의 지난 과거를 말하기 시작했다.

서미혜에게 얘기한 적이 있었지만 뭉뚱그려 말한 것뿐이었고, 내가 겪었던 끔찍함마저 숨김없이 말하는 건 이번이 처음이었다.

제갈화령이라면 괜찮지 않을까라는 생각과 천외천이 한 짓에 대해 생각해 보라는 의도도 있었다.

상당히 놀란 표정이다.

그리고 드문드문 슬픈 표정이 보이는 건 착각일까.

"…그리고 천외천에게 복수를 하기 위해 중국으로 왔죠. 뒷이야기는 말하지 않아도 알 테고……. 이게 이야기의 끝이에요."

"……."

말이 끝났지만 제갈화령은 한참을 멍하니 있을 뿐이었다. 그녀답지 않은 묘한 표정을 짓곤 말이다.

"유쾌한 얘기는 아니죠?"

아직까지 나에게 어린 치기가 남아 있었나 보다.

말투에 빈정거림이 실려 있었다.

"…미 …안해."

이런! 이걸 원한 건 절대 아니었다.

그래서 되지도 않는 농담을 던졌다.

"누나가 왜 미안해요. 납치한 게 누나였어요?"

"천외천에 소속된 자니까."

역시 난 농담과는 거리가 먼 녀석이었다.

"맞아요. 천외천이 섬을 운영했다는 걸 몰랐다고 해서 죄가 없어지는 건 아니죠. 하지만 내가 말했던 한 가지 소원이 섬을 없애게 해달라고 할 것임은 알죠?"

"응."

"그렇다면 일이 성공한 후에 약속만 확실히 지켜줘요. 난 그걸로 만족해요."

방관한 것도, 모르는 것도 죄라면 죄다.

하지만 이미 한편이 되기로 한 그녀에게 죄를 묻는 건 웃기는 짓이었다.

"그 약속은 반드시 지킬게!"

"그거면 됐어요. 자!"

짝!

"이제 원점으로 돌아가 나에 대해 어떻게 알았는지 말해주세요."

박수로 우울한 기분을 날리며 화제를 전환했다.

"네가 할아버지에게 화낼 때 네가 누군지 알게 됐어."

"엥? 고작 그걸로 어떻게……?"

"내가 한참 무술에 미쳐 있을 때였어. 진전이 없어 고민하던 차에 황보유천이 동영상 파일을 보여줬어. 거기에서 아까 네가 말한 클로버를 봤지. 그의 솜씨에 완전히 반해 버렸어. 보는 것만으로 공부가 되었으니까. 그래서 더 많은 영상을 구해 보게 되었는데 그때 위즈라고 불리는 남자에 관한 동영상도 봤어."

"그것만으로 알 수가 있어요? 중국에 오며 성형수술로 얼굴까지 고쳤는데?"

"너~무 잘생겨진 외모 덕분에 헷갈리긴 했어."

"……"

그전에도 괜찮게 생겼었거든!

가만히 내 눈을 바라보던 제갈화령이 말했다.

"눈빛이야. 세상에 대한 원한에 분노로 이글거리던 그 눈빛……. 동영상에서 너의 눈빛을 본 순간부터 잊을 수가 없었거든. 그 눈빛이 살기를 발할 때 본 거야."

"고작 그 한 번으로 알아봤다니 믿을 수가 없네요."

"두 번이야."

"설마?"

문득 머릿속에 떠오르는 것이 있었다.

남궁린이 보여줬던 동영상.

"맞아. 네가 즐기던 동영상에서 봤어. 눈을 감고 있을 땐 몰랐는데 마지막쯤 눈을 떴을 때 어디선가 본 듯한 눈빛이라는 걸 알게 되었지."

"그때부터 의심을 했겠군요?"

"긴가민가했었어. 여자가 자세히 보기엔 질 나쁜 동영상이었으니까."

"질 나쁜 동영상의 주인공이라 미안하군요."

"아니 다행이네. 그 뒤로 할아버지를 위협하던 모습을 보고 확실히 의구심을 가지게 되었고, 널 만났을 때부터 모든 걸 되짚어 보며 거의 확신을 했어. 기억력이라면 엄청 좋거든."

제갈화령이 자신의 머리를 손가락으로 톡톡 치며 장난스

럽게 말한다.

"쩝! 아무리 노력해서 숨기려고 해도 절대적인 건 있을 수가 없군요."

성형수술을 하고, 습관을 바꾸고, 조심한다고 일 년 육 개월을 넘게 허비했는데 너무 어이없이 정체를 들켜 허무감마저 든다.

그나마 적이 아닌 한시적인 친구가 된 제갈화령에게 들킨 것이 다행이라면 다행이었다.

화제를 돌려 우울한 분위기가 좀 가셨다. 그런데 그녀는 다시 섬에 대한 얘기를 꺼낸다.

"넌 섬에 대한 얘기를 하며 이상하다는 생각이 들지 않아?"

"네에?"

이상한 점이라면 나 역시 몇 가지 느끼고 있긴 하다.

한데 제갈화령은 말만 듣고 알아내니 놀랄 수밖에.

"어떤 점이 이상하죠?"

"여러 가지가 있지만 가장 이해가 되지 않는 부분은 너의 내공이야."

"내공?"

"어떤 심법인지 알아야겠지만 단 칠 년 만에 현재 너 정도의 내공을 가지기란 불가능해. 넌 고 선생님에게 배우고 죽을 각오를 하고 편법으로 내공을 늘렸다고 했지만 무술에 대해 어느 정도 알고 있는 사람이라면 절대 이해하지 못할 일이야.”

이 점에 대해선 나도 짐작하고 있는 것이 있었다. 그러나 이어지는 설명에 짐작은 차츰 확신이 되어간다.

“난 네 살 때부터 심법을 수행해 왔어. 그리고 스무 살 때 할아버지와 친척들의 도움으로 혈도를 뚫고 소주천을 이루었지. 그리고 스물세 살 때 깨달음을 얻고 현재와 비슷한 양의 내공을 얻었어. 아마 가족들의 도움이 없었다면 지금까지 소주천을 이룰 수 없었을지 몰라.”

“내가 희대의 천재가 아닐까요? 하하하!”

자화자찬이 아닌 홀로 그런 경지에 이르는 것에 대한 가능성이 조금이라도 있지 않을까 해서 묻는 것이었다.

“내공은 심법과 수련 기간에 비례해서 늘어나게 돼 있어. 물론 소설 속에 나오는 희대의 영약이나 몇 년 만에 천하제일의 내공을 만들어준다는 신공이 있지 않는 이상 말이야.”

“사실 나도 이상하게 생각한 부분이에요. 지금 와서 생각해 보면 심법을 수련하면서 혈도를 뚫기 위해 노력했던 적이 없었어요.”

“그 말은 누군가가 추궁과혈로 뚫어줬다는 소리지.”

“누나가 생각하기엔 누구 같아요?”

답은 이미 알고 있었다.

“고 선생님은 내공이 전혀 없었다고 했으니 섬에 있던 사람 중 한 사람이겠지. 그리고 엄청난 내공과 심법과 무공에 능한 자."

"……."

"클로버."

"클로버!"

우리는 동시에 외쳤다.

날 죽이지 못해 안달 난 것처럼 행동했던 그가 막혔던 내 혈도를 뚫어주고 실제 무술을 가르쳐 준 사람이라니.

확신이 들었음에도 믿어지지가 않는다.

왜? 무슨 이유로?

이유가 있다면 나에게 말을 했으면 됐지, 왜 굳이 고 선생님을 죽였지?

그리고 가장 궁금한 건 그에게 어떠한 것도 배운 적이 없는데 언제, 어떻게 가르쳤냐는 것이었다.

모든 게 혼란스럽다.

……!

문득 떠오르는 생각.

있었다. 기억엔 없지만 그가 나를 가르치고 내공을 뚫어줄 만한 시간이……!

내가 '기억의 소멸' 이라고 불렀던 잃어버렸던 시간들!

'최면을 걸었음이 분명해!'

내공 수련을 위해 행공을 할 때 최면 상태에 빠지도록 암시를 걸어뒀을 것이다.

이유를 빼곤 대부분의 의문이 명확해진다.

왜 나에게 무술을 가르친 거지, 클로버?

유희 때문이었나?

아님, 다른 목적이 있는 건가?

말해봐! 클로버!

황해 너머의 한국에 있는 클로버를 향해 물어보지만 대답이 있을 리 만무했다.

# 2장

## 수련

제갈화령의 집에서 하룻밤 신세 질까 했지만 쫓겨나다시피 Chan' s Investment로 돌아와야 했다.

하긴 돌아다니지만 않는다면 이곳보다 안전한 곳도 드물 것이다.

아침 일찍 디오네, 제시카, 불곰, 이렇게 넷이 한자리에 모였다.

"꽤나 심각한 표정이네? 도대체 무슨 일이야?"

제시카는 어제 불곰 편으로 전해 들은 '누군가가 나를 노릴지도 모른다.' 는 전갈의 연장선으로 모였다고 생각하는 모양이다.

"상황이 바뀌어서 어제 문제는 신경 쓸 필요 없어졌어."

"그럼 아침부터 무슨 일 때문에 모이라고 한 거야?"

미국에서 맥이 온 건지 제시카의 태도가 오늘따라 꽤 까칠하다.

난 그녀의 말을 무시하고 찬찬히 세 사람을 봤고 조용히 입을 열었다.

"어제 클로버에게서 전화가 왔어."

"크, 클로버!"

"!"

"……?"

불곰은 이름을 듣고 의문을 표했지만 디오네와 제시카는 화들짝 놀란 표정이다.

"그, 그가 왜?"

디오네가 동요하는 일이 있으리라곤 생각하지 않았는데 그녀마저 말을 더듬는다.

하긴 그는 섬에서 독재자였고, 황제였다.

"우니, 봉구 형, 해윤이를 데리고 중국으로 올 생각인 것 같아. 목적은 물론 나고."

납치라는 말을 쓰지 않았음에도 백곰조차도 분위기상 알아차렸다.

"그 자식 도대체 누굽니까! 제가 애들 데리고 가서 황푸강(黃浦江) 물밑에 가라앉혀 버리겠습니다."

"불곰……."

"예, 형님!"

"정신 차려. 방금 말했지. 봉구 형도 잡혀 있다고. 솔직히 나 역시도 그자를 피하고 싶은 심정이야."

"…죄송합니다, 형님."

내가 피하고 싶다는 말을 하자 못 믿는 눈치였지만 클로버를 알게 되면 그 또한 디오네나 제시카의 반응과 다르지 않을 것이다.

"이 문제는 나 혼자 해결할 겁니다. 그러니 아무도 나서면 안 돼요."

"방법은 있는 거야?"

"네!"

방법이 있을 리 없다. 그러나 이들이 지금 흔들려선 안 되기에 거짓말을 한 것이다.

혼자 해결해야 할 일을 굳이 떠벌린 건 이들을 겁주기 위함이 아니었다. 이어지는 얘기를 하기 위해선 반드시 필요한 말이었기에 한 것이다.

"그래서 하는 말인데 클로버와 결판을 내기 전, 중국에서의 일을 끝내려고 합니다."

"계획은 세운 거야?"

"대충요. 오늘 그 때문에 보자고 한 거예요, 디오네."

"그 일이라면 마다할 이유가 없지. 한데 정말 클로버를 해결할 수 있는 거야?"

"절 믿어요, 디오네. 그리고 그와 만나기 전에 디오네의 병은 낫게 해줄게요."

"그딴 건 신경 쓰지 마!"

"나에겐 중요한 일이에요. 그나저나 진희룡과는 잘 만났어요? 그 양반 덮치려고 안 했는지 몰라."

진희룡에 대한 얘기를 하자 디오네는 흔쾌히 만나겠다고 했었고 요 며칠까지 세 번 만남을 가졌다고 했다.

"말 돌리지마!"

"말 돌리는 게 아니에요. 계획에 디오네가 꼭 필요해서 물어보는 것뿐이랍니다."

클로버에 대한 대책이 있다는 내 말을 믿는 눈치는 아니었지만 잠시 후에 물을 모양인지 대답을 해준다.

"잘 만나고 있어. 그리고 그는 남자로서의 기능을 못 한대. 그래서 그런지 나와 오래 있어도 별문제 없었어."

"디오네 마음엔 들고요?"

"이제 고작 세 번 만났을 뿐이야."

"좋아요. 그럼 디오네를 넣고 짠 계획을 말하죠."

"날 뺀 계획 따윈 짠 적도 없으면서."

"크큭! 디오네는 도저히 못 속이겠군요."

난 본격적으로 얘기를 시작했다.

제갈무량과 손을 잡은 이야기를 시작으로 우리가 맡기로

한 천외천의 세력에 관한 것, 그리고 끝으로 각자가 할 일에 대해서도 대화를 나눴다.

"난 왜 고작 그런 일이야!"

얌전히 듣던 제시카가 내 얘기가 끝나자 발끈하며 외쳤다.

그러나 난 그녀가 아닌 셋을 보고 말했다.

"각자 할 일에 대한 의문이 있을 수 있겠지만 음료수 한 잔씩 마시고 잠깐 쉬었다가 개별적으로 얘기할 때 말하면 좋겠어."

포괄적인 계획은 모두가 다 알아야 하지만 세부적인 건 같이 들어봐야 집중력만 떨어질 뿐이었다.

휴식 후 첫 번째 대화 상대는 좋게 말하면 열정적이고 나쁘게 말하면 성급한 제시카였다.

"맥은 호텔에 있어?"

제시카가 입을 열기 전 내가 먼저 말을 걸었다.

"응. 어제 도착했거든."

"그룹 대표라는 사람이 허구한 날 중국으로 오면 언제 일한대? 하긴 천하의 제시카에게 빠졌으니 어쩔 수 없는 건가?"

"누구완 달라. 날 아껴주거든."

여기에서의 '누구'는 분명 날 지칭하는 말이었지만 앙금이 남아 있는 말투는 아니었다.

"언제 결혼할 생각이야?"

맥이 지난번 중국에 왔을 때 청혼을 할 생각이라고 나에게 말한 적이 있었다.

“글쎄, 맥은 이 일이 끝나자마자 청혼할 생각인가 보던데. 사실 난 아직 결혼할 마음이 없어. 디오네 언니랑… 있을 거야.”

제시카는 분명 맥을 사랑했다.

다만 아직까지 완전히 낫지 않은 디오네를 두고 혼자 행복하게 살 수 없다고 생각하는지도 몰랐다.

“난 제시카, 네가 행복하길 바라. 디오네도 네가 생각하는 것처럼 너의 행복을 바랄 거야.”

“…….”

난 알고 있다는 듯한 표정의 제시카를 보며 빙긋이 웃어주곤 말을 이었다.

“그래서 비록 네 마음에는 안 드는 일이지 몰라도 내가 말한 일을 꼭 맡아줬으면 해.”

“정말 그 정도면 되는 거야?”

“응!”

내가 제시카에게 부탁한 건 천외천의 활동 자금을 사라지게 만드는 일이었다.

일 년 반 넘게 실력이 어느 정도 늘었다고 생각하는 제시카에겐 불만이겠지만 이 일은 천외천의 재건을 느리게 만들 수 임과 동시에 제갈무량이 분란 없이 천외천을 가지게 만들 수 였다.

죽은 자들은 조직의 돈을 빼돌렸다는 악명까지 얻게 될 것이다.

"정보는 디오네가 줄 거야."

"오케이! 그룹에 있는 해커들 휴가라도 줘야겠네."

제시카가 가고 불곰이 왔다.

"아까는 말 안 했지만 해줘야 할 일이 몇 가지 더 있다."

"말씀하십시오, 형님!"

"8월 16일 오전 10시, 지금까지 모았던 쓰레기들을 청룡단이 있는 빌딩에 투입시킨다. 그리고……."

"……!"

나머지 말은 귓속말로 해야 했다.

워낙 파장이 큰 얘기기도 했지만 디오네도, 제시카도 반대할 가능성이 높았기에 반드시 비밀로 하라는 말을 새삼 강조했다.

"…정말 하실 생각이십니까?"

"네가 빼고 싶은 사람이 있다면 빼도 좋다. 그러나 누차 얘기하지만 이때를 위해 모은 놈들이라는 것만 기억해라."

"하지만 민간인이 다칠……."

"쉿! 걱정 마. 죄 없는 사람들은 미리 대피시켜 둘 테니까. 그때 그곳엔 천외천의 청룡단만 있을 거야."

"알겠습니다……."

"네가 죄책감을 느낄 이유는 없다. 그리고 경호대들 중 한국으로 갈 사람이 있다면 그들의 가족을 먼저 한국으로 보내라. 그리고 네가 직접 그들을 챙기고."

"그 말씀은?"

"일이 끝나면 넌 한국으로 갈 테니 그때를 대비하는 것도 좋겠지."

"감사합니다, 형님."

불곰이 서울의 조직을 그가 믿는 동생들에게 맡겨놨다고 하지만 너무 오래 자리를 비웠다.

내가 도와주면 좋겠지만 클로버와의 싸움에서 내가 이길 가능성은 여전히 암울하기만 했다.

그러니 특수부대 출신들로 이루어진 경호대는 서울로 돌아가는 불곰에게 훌륭한 방패막이가 되어 줄 것이다.

마지막으로 디오네가 왔다.

"마치 마지막을 정리하는 듯한 얼굴이구나."

디오네는 나에 대해 너무 잘 알았다.

"방책이 있다고 해도 상대가 클로버니까요."

속이는 것이 불가능할 땐 솔직히 말하는 편이 설득하기에 더 좋았다.

"휴우~! 도움은커녕 짐이 되고 있어 미안해."

"지금까지 도움만으로도 충분하다 못해 과분하게 생각하고 있어요."

"솔직히 말해봐. 그를 상대할 자신은 있는 거야?"

"없어요. 그가 가르치고 그가 퍼뜨린 무술을 배운 내가 그를 이길 가능성은 극히 희박하죠."

"그래서 포기한 거야?"

"포기할 수는 없죠. 지켜야 할 세 사람이 있는 걸요."

"…내가 도울 일은 없겠니?"

"방을 빌려줬으면 좋겠어요. 일주일간 어떻게든 지금 수준보다 더 끌어올리고 싶거든요."

"얼마든지 써."

어차피 남궁린과 황보유천이 무섭진 않지만 목숨을 노리고 있으니 시늉으로라도 숨을 곳이 필요했고, 디오네가 아플 때 쓰던 제일 위층은 수련하기엔 안성맞춤인 곳이었다.

"고마워요, 디오네. 그리고 남궁린 처리 문제인데……."

난 뒷말을 흐렸다.

아무리 친한 사이라고 해도 내가 하는 부탁은 그녀에게 가혹한 일이 될 수 있었기 때문이다.

"후후! 먹어 치우라는 소리지? 알고 있었어. 아무리 내가 내공이 많다고 하지만 싸움엔 여전히 젬병이잖아."

"이런 부탁해서 미안해요."

"내 복수인데 네가 미안해할 이유 없어. 쾌락의 끝이 어떤 것인지 보여줄 거야."

자신에게 독이 될 일임을 알면서도 기쁘다는 표정을 짓는 디오네.

하지만 독이 약이 될 수 있다는 건 말하지 않았다.

"천외천의 인물 중 가장 행복하게(?) 죽는 인물이 남궁린이 될 것 같군요. 그런데 그를 죽이기 전에 한 가지 더 해줬으면 하는 게 있어요."

"뭔데?"

"남궁린은 천외천의 자금을 담당하는 인물이죠. 그 자금에 대한 정보를 알아내 제시카에게 전해주세요."

"그야 어렵지 않지."

직접적으로 천외천의 인물과 만나 상대해야 하는 그녀에게 몇 가지 당부를 더 하고 얘기를 마쳤다.

"같이 점심이나 먹자."

디오네가 말했다.

일을 끝낼 때까지는 오늘이 넷이 모이는 마지막 날이 될 수도 있다는 걸 그녀도 느끼고 있는 것이다.

"어디로 갈까? 우리가 중국에 와서 제일 처음 같이 밥을 먹은 곳 어때?"

"좋아요."

우리는 디오네의 말에 찬성을 하고 음식점—중국 고대 저택을 식당으로 만든 곳으로 만두와 게로 유명한 곳이었는데 여러 번 함께 식사를 했었었다—으로 향했다.

별채에 자리를 잡고 음식을 주문하자 가을이 제철인 게를 제외하곤 푸짐하게 한 상 차려졌다.

"봉구 형님이 참 좋아하셨던 곳인데……."

"그러게. 호호호!"

불곰의 말에 제시카가 동의한다.

"자자, 어디 가서 굶을 사람은 아니니까. 먹자!"

마음에 걸리긴 하지만 지금부터 우울해할 필요는 없었다.

내 말에 디오네도 고개를 끄덕이며 한마디 덧붙인다.

"그래, 그건 나중에 생각하고 열심히 먹자. 건배!"

"건배!"

"건배!"

"건배!"

채챙!

붉은 빛 홍주가 채워진 잔이 일제히 공중에 얽히며 맑은 소리를 낸다.

우리는 불안감을 감추고 애써 맛있게 점심을 먹는다.

* * *

편안한 옷으로 갈아입고 디오네가 지내던 방의 소파와 테이블 따위를 한쪽 벽으로 치웠다.

넓은 방에 듬성듬성 있던 가구마저 한쪽으로 치우니 수련을 하기에 충분한—연환문의 수련장보다 오히려 컸다—공간이 나왔다.

"후우~"

가볍게 숨을 내뱉고 가운데 서서 눈을 감는다.

그리고 제갈화령이 보여줬던 권무를 떠올린다.

시간 날 때마다 머릿속에 그려봤던 모습이지만 볼 때마다 가슴 두근거리게 만들며 따라 하고픈 욕구를 자극하는 동작들이다.

처음부터 끝까지 한 번 본 후, 천천히 제갈화령이 했던 동작들을 따라 해본다.

처음은 어렵지 않았다.

하지만 삼분의 일이 넘어가는 지점부터는 손발이 어지러워지며 제대로 따라 하지 못한다.

멈춰 선 후 처음부터 다시 시도.

하지만 이번에도 아까 실패했던 지점에서 다시 손발이 어지러워진다.

세 번, 네 번… 열 번.

"후우욱! 후우욱!"

억지로 넘어가려 하자 손발이 아닌 호흡마저 흐트러졌고 결국 열 번째 만에 그대로 따라 하는 것은 어리석은 짓이라는 걸 깨달았다.

방법을 바꿔 동작을 최대한 내가 가는 대로 바꿔서 따라 해본다. 그러나 이번엔 삼분의 이쯤 넘어가자 도도하게 흐르던 내공이 가닥가닥 끊기며 멈추게 된다.

무리하게 따라 하느라 땀으로 흠뻑 젖은 채 바닥에 누웠다. 그리고 혼잣말을 중얼거렸다.

“제갈화령의 ‘것’ 이었어.”

점심을 먹고 이곳에 2시에 들어왔는데 현재 시간 7시.

꽤 오랜 시간을 허비한 것치고는 완전한 뻘짓은 아니었다.

수련을 어떻게 할지는 확실히 알게 되었으니 말이다.

몸을 움직였더니 배가 고팠다.

일어나 음식 전용 엘리베이터로 가자 이미 저녁이 올라와 있었다.

오전 6시와 10시, 오후 12시, 6시, 10시 이렇게 다섯 번 음식을 부탁해 놓은 상태였다.

저녁을 먹은 후 이번엔 방 한가운데 자리를 잡고 좌공을 취하며 앉았다.

눈을 감고 머릿속에 수련장을 그린다.

맞은편에는 제갈화령이 서 있었고, 그녀는 이미 대련할 자세를 취하고 있었다.

섬에서는 밤이면 밤마다 해온 일이었지만 섬을 탈출한 이후론 처음 해보는 일이었다.

내가 생각하는 제갈화령보다 내공 면에서 삼 할가량 더 강하게 하고 권무를 펼치게 만들었다.

상상이지만 눈앞의 제갈화령은 강했다.

다만 죽음을 각오한 싸움이 아닌지라 긴장감이 없다는 게

맹점이긴 했다.

채 오십 합이 넘기도 전에 제갈화령의 섬섬옥수가 옆구리로 다가온다.

실제 상황이라면 어떤 방법을 사용해서라도 피하거나 손해를 최소화하려 했겠지만 지금은 그저 상상. 다시 처음으로 되돌리는 편이 나았다.

'리셋…!'

"커억……!"

상상이 사라지기도 전에 제갈화령의 손이 옆구리에 박혔다. 그런데 이 고통은……!

"우우웩!"

철퍼덕!

조금 전에 먹었던 저녁을 토했고, 그 위에 얼굴을 박으며 쓰러진다.

구토물의 냄새가 코를 찔렀고, 도도하게 흐르던 내공이 충격에 미친 듯이 날뛰었다. 하지만 지금 상황에선 중요한 게 아니었다.

'이 무슨 개 같은 경우지?'

그저 상상의 대련이었을 뿐인데 이 실체 같은 상황은 뭐란 말인가?

날뛰는 기운을 진정시키며 생각을 정리한다.

전혀 예상치 않은 충격에 다소 당황했을 뿐 진정하고 생각을 정리하는 데 오랜 시간이 걸리진 않았다.

소주천을 이루며 상상을 하면서도 내공이 멋대로 움직였고, 또한 상상에 불과했지만 늘어난 집중력 덕분에 뇌가 실제라고 받아들였다라고밖에는 볼 수가 없었다.

"어이가 없군."

그동안 뇌를 너무 많이 쓴 부작용이 아닐까 하는 생각과 함께 나쁜 생각이 들었지만 그뿐이었다.

언제 죽을지도 모르는 상황에서 치매에 걸리거나, 바보가 되는 걸 걱정하는 것 자체가 웃긴 일이었다.

그리고 지금으로써는 오히려 감사할 일이었다.

긴장감 때문에 벌써 온몸의 감각이 되살아나고 있었기 때문이다.

"쿨럭!"

검은색 피가 변기를 가득 채운다.

사흘째, 삼 할에서 오 할가량 더 강해진 제갈화령을 상대하다 보니 아무리 애를 써도 두들겨 맞을 수밖에 없었다.

그러다 보니 체내에 쌓인 충격으로 울혈이 쌓였고, 그 울혈을 지금 뱉는 것이다.

진전은 분명 있었다.

머릿속에서 일어난 일이었지만 제갈화령의 권무에 비견할 만한 나만의 '것' 을 찾아냈다.

제갈화령의 권무는 한마디로 자유였다.

어떤 초식에도 얽매이지 않고 그저 그 순간 최고의 동작만을 하는 것. 물론 최고의 동작이라는 건 지금 수준에서 최고일 뿐이라는 것도 어렴풋이 알고는 있었다.

문제는 더 큰 무언가가 느껴지는데 도무지 손에 잡히지 않는다는 것이다.

TV를 보다 익숙한 배우를 봤는데 도무지 이름이 생각나지 않는 것과 같은 느낌.

생각을 해보려고 노력하면 희미해져 알 수 없고, 지우려고 하면 조금 더 선명해져 쫓게 만드는 그 무엇.

막연히 '무공의 다음 단계인가' 하고 생각해 보지만 그마저도 확실치 않았다.

울혈을 토해 한결 몸이 가벼워졌지만 상상 수련에 바로 들어가지 않았다.

지금은 할 일이 있었다.

전화기를 들었다.

봉구 형의 전화번호는 금세 찾았지만 몇 번의 망설임 끝에 통화 버튼을 누른다.

벨 소리로 형이 좋아하던 노래가 흘러나온다.

그러나 두 번, 세 번 반복되어도 전화를 받지 않는다.

"받아, 클로버……."

나지막이 외쳤지만 들었을 리 만무했다.

전화기를 꺼놓은 것 같진 않았다. 그래서 종료 버튼을 누른 후, 메시지 버튼을 눌렀다.

그리고 메시지를 작성한다.

—할 일이 있어 8월 18일 날 봤으면 합니다. 그동안 세 사람이 아무 일 없었으면 좋겠군요. 혹시 만나길 원하는 날짜가 있다면 문자 주세요.

많은 글자가 아니었음에도 어떻게 신경을 건드리지 않고 내가 원하는 날에 만날까를 고민하며 쓰다 보니 꽤 시간이 걸렸다.

답장이 올까?

보내고 한참이 지났지만 묵묵부답.

무언이 긍정이라 했으니 차라리 연락이 없는 것이 좋은지도 몰랐다. 그래서 스마트폰을 내려놓고 다시 상상 수련을 위해 방 한가운데로 걸음을 옮기려 했다.

그때 스마트폰의 벨 소리가 울렸다.

"……."

무슨 말을 어떻게 할까 고민하다 스마트폰을 바라봤지만 의외로 모르는 핸드폰 번호였다.

평소라면 받지 않겠지만 때가 때이니만큼 통화 버튼을 누른 후 입을 열었다.

"…여보세요?"

—여보세요? 누구십니까? 왜 제 동생이 안 받고 당신이 받는 겁니까? 제 동생을 바꿔주십시오!

딱 질색하는 류(類)의 전화다.

다짜고짜 전화에 자신의 할 말만 거침없이 쏟아내면 상대는 어떻게 하라는 얘긴지…….

한데 이 목소리… 많이 듣던 목소리다.

"혹시… 노강윤 사장님?"

—맞아요. 내가 노강윤이오! 그러는 댁은 누구십니까? 돈을 원하면 드릴 테니 내 동생에겐 손대지 말아주십시오. 부탁드립니다.

"……."

클로버, 이 양반 무슨 장난을 친 거야!

계속 돈을 줄 테니 해윤을 건드리지 말라고 하는 노강윤 사장의 말을 듣고 있자니 상황은 짐작이 된다.

어떻게 할까 고민하다 결국 이름을 밝혀야 했다. 그렇지 않으면 노찬성 회장이 상황을 악화시킬 가능성이 너무 높았다.

"형님, 저… 무찬입니다."

—얼마를 원하든… 응? 무, 무찬이라고? 너, 너 살아 있었냐?

지금 그게 중요한 겁니까?

"네."

—그, 그럴 거라 생각은 했다.

꽤 당황하는 걸 보니 죽었을 것이라 생각한 게 틀림없다. 물론 그렇게 만들고 온 건 나였다.

"인사는 잠시 후에 하기로 하고, 어떻게 제 전화로 연락을 하셨습니까?"

—아! 내 정신 좀 봐. 이틀 전 아는 사람과 중국으로 간다고 해윤이가 아버지께 전화를 한 모양이야. 한데 경호원도 없이 간다는 얘기에 아버지가 사람을 붙이려고 아무리 전화를 해도 받지를 않는 거야. 아버지께서 이틀이나 전화를 안 받으니 혹시나 무슨 일이 생긴 건 아닌지 걱정하고 계셔서 내가 나섰지. 그래서 계속 전화를 했더니 네 번호로 전화하면 알 거라는 메시지가 도착한 거야.

나더러 해윤이의 가족을 안정시키라는 소리인가?

지금 약자는 나이니 의도에 따르는 수밖에.

"그렇군요."

—한데… 해윤이랑 같이 있나?

"아뇨, 중국에 온다는 전화는 받았지만 아직 못 만나고 있습니다."

—무슨 일이 있는 거야?

"설명하기 힘들지만 약간의 문제가 있습니다."

—문제?

"간단히 말씀드리자면 해윤이는 어떤 사람과 함께 있습니다. 그리고 제 동생과 아는 형도 그 사람과 함께 있죠."

— '간단히' 라 말했지만 이해하기 힘들군. 더 쉽게 물어보지. 납치라는 건가, 여행이라는 건가?

"그 중간쯤 될 겁니다."

—…….

쉽게 설명한다고 현재 해윤이 처한 위험성을 그대로 말한다면 노찬성 회장이 가만히 있을 리가 없었다.

"아직까지 위험한 일은 없습니다. 그리고 18일이 지나면 해윤이가 직접 연락을 하게 될 겁니다."

—…확신하나?

"네."

—아버지가 경호실장을 보낼 걸세.

"그래 봐야 소용없습니다. 괜히 엄한 사람만 다치거나 죽게 될 겁니다. 지금은 그저 절 믿고 기다려 달라는 말씀밖에 할 수가 없군요."

—자네가 경호실장이 어떤 실력을 가졌는지 몰라서 하는 말이야. 그는 이름 난 깡패 수십 명과 싸워도 한 손이면 충분히 해치울 수 있어.

"알고 있습니다."

—알고 있다고?

" '직접 오셔도 불가능하다.' 라는 제 말을 경호실장님께 직접 전하시면 그분도 회장님을 설득하실 겁니다."

—음…….

내가 허튼소리를 하지 않는다는 걸 잘 아는 노강윤 사장은 꽤나 오랫동안 생각에 빠진 후 말을 잇는다.

—아버지껜 동생 말을 그대로 전하지. 아마 그분께서 직접 전화를 하실 수도 있을 거야.

"그건 어쩔 수 없죠. 제가 말씀 잘 드리겠습니다."

—고맙군.

"아닙니다. 이해해 주시니 제가 더 감사합니다. 그리고 저 때문에 일어난 일인 걸요."

—휴우~ 어찌 너만 탓하겠냐. 길게 이야기하고 싶긴 한데 아버지께 보고를 해야 하니 못다 한 얘기는 나중에 하자.

"네, 형님."

—참, 그리고…….

"네."

—살아 있어서 정말 기쁘다. 해윤이랑 같이 봤으면 좋겠구나. 끊으마.

새삼 낯간지러운 소리를 하고 노강윤 사장은 전화를 끊었다.

그가 정진 그룹의 후계자가 되지 못한 이유가 정에 약하다는 점 때문이었는데 오늘도 유감없이 그 성격을 나타낸다.

"싱겁기는……."

이미 끊어진 전화에 대고 별소리를 다 한다는 듯 말했지만 그의 말에 마음 한편이 따뜻해짐을 느꼈다.

그리고 그런 내 반응에 스스로 놀라야 했다.

"훗! 왠지 요즘 너무 감상적이 되어가는 것 같군."

냉소적인 혼잣말로 떠오르는 감정을 무시했다.

지금은 수련에 집중할 때였다.

# 3장

## 다가오는 결전의 날

8월 10일.

천외천을 없앤다고 해서 그들이 해오고 있는 살인 게임이 없어질까?

일순간 없어졌다고 생각할 수는 있겠지만 영원히 사라지는 건 결코 아닐 것이다.

또 다른 누군가가 돈이 된다는 이유만으로 비슷한 일들을 벌일 것이고, 나와 같은 피해자들은 다시 생겨날 것이다.

범죄가 사라지는 날은 인류가 사라지지 않는 이상 올 가능성이 없었다.

그런데 나는 왜 영원히 사라지지 않을 범죄 조직 중 하나인 천외천을 없애는 데 아등바등하는 것일까?

날 죽이려 하던 신수호에게 복수도 했고, 그와 연관된 한국 내 세력들도 없앴다.

그런데 굳이 타국인 중국까지 와 복수에 매달리고 있는 것이 과연 가치 있는 일인지 의심스럽다.

"하아! 도대체 요즘 왜 이러는 거지?"

디오네의 방에서 일주일간 한 수련은 원하는 수준만큼은 아니지만 더 높은 수준으로 날 이끌었다.

그러나 부작용도 있었다.

수련 과정에서 느꼈던 '그 무엇'에 대한 열망은 더욱 커졌고, 확고부동하던 내 복수심에 의문이 생긴 것이다.

천외천에 대한 불타는 복수심이 꽉 쥔 모래알처럼 서서히 손에서 빠져나가고 있었는데 조만간 사라져 포기하고 한국으로 돌아갈 가능성마저 생각했다.

물론 아직까지 다 빠져나가진 않았다.

다만 눈앞에 있는 꼬맹이가 복수에 대한 의문을 더욱 부추기고 있었다.

"형! 이 그림 정말 좋지 않아? 우리 아빠가 아끼는 그림이라 팔지 않는데 형에게라면 기꺼이 팔 거야."

열 살쯤 되어 보이는 꼬맹이가 그림을 팔겠다고 이런저런 거짓말을 하는데 무척이나 귀엽다.

"이 그림을 그린 황보철이 네 아빠니?"

황보철은 백호단의 일원으로 중국 내에서 제거해야 할 마지막 인물이었다.

"응! 앞으로 엄청 유명한 화가가 될 테니 지금 그림을 사두는 편이 좋을 거야. 아니면 나중엔 비싸서 사지도 못할 거니까."

힘이 느껴지면서도 섬세함을 가진 수묵화였지만 유사한 작품들이 화랑 곳곳에 걸려 있었다.

그래서 유명해진다고 해도 가격이 크게 오를 것 같지는 않았다.

"얼마니?"

가격을 물으니 손가락을 까닥이며 다가오라는 메시지를 보낸다.

그리고 귓속말로 속삭인다.

"천오백 위안인데 형한테만 특별히 천 위안에 줄게. 아빠한텐 비밀이야."

"후후후. 그래."

결국 그림을 사기로 했다.

황보철이 저승 가는 데 주는 노잣돈이라 생각하면 싼 편이었다.

산다는 말이 떨어지기가 무섭게 그림을 포장한 후 손을 내미는 꼬맹이.

백 위안짜리 지폐 열 장을 건네자 몇 번이고 꼼꼼히 세어보고 위조 여부를 살핀다.

"절대 후회하지 않을 거야, 형."

이상이 없음을 확인한 후 '씨익' 웃으며 마지막까지 장사 멘트를 날린다.

"한데 화가이신 너희 아빠에게 작품에 대한 설명을 듣고 사는 편이 좋지 않았을까 하는 생각이 벌써부터 드는구나."

"아빤 지금 어디선가에서 자고 있을 거야."

"그래?"

"응. 하지만 저녁엔 항상 일하러 이곳에 오니까 그때 들리면 만날 수 있을 거야. 하지만 환불은 곤란해."

"큭큭! 알았다. 한데 너도 그때 있니?"

"그건 왜?"

"물건을 판 사람이 있어야 되지 않겠어?"

"…그, 그땐 난 집에 있을 거야. 내, 내가 없다고 아빠가 설명을 게을리하시진 않을 거야."

"하하하! 알았다."

난 당황해하는 그의 머리를 헝클어뜨리고 화랑을 나서려고 했다.

그때 꼬맹이가 다시 불렀다.

"참, 형! 이거……."

뒤돌아보니 그가 내민 건 조잡한 나뭇조각이었다.

무얼 조각한 건지 모호했지만 허리를 구부린 채 뭔가에 열

중하는 사내의 모습이라는 건 짐작할 수 있었다.

"이건 뭐니?"

"내 작품. 서비스로 주는 거야."

"…그래, 고맙다."

능숙한 장사 실력에 어울리지 않게 쑥스러워하는 그를 뒤로하고 화랑에서 조금 떨어져 있지만 그곳이 보이는 커피 전문점으로 들어갔다.

그리고 황보철이 오기를 기다린다.

보지도 않는 잡지책을 펼쳐 놓고 읽는 척을 한다. 시간이 지남에 따라 커피를 계속 주문했고, 덕분에 황보철이 온 것을 봤을 땐 빈 커피 잔만 네 개였다.

그가 화랑에 들어간 지 얼마 되지 않아 꼬맹이가 주변을 두리번거리며 살피더니 어디론가 뛰어가는 것이 보였다.

집으로 가는 길이리라.

자리를 정리하고 화랑으로 향한다.

화랑 안으로 들어서자 아까완 달리 짙은 묵향에 주향이 섞여 있었다.

"……."

부스스한 머리에 아무렇게나 자란 수염, 옷의 여기저기 묻어 있는 먹 자국이 오랫동안 옷을 빨지 않았음을 보여준다.

황보철은 내가 들어왔음에도 고개조차 돌리지 않았고 간간히 술을 들이켜는 것을 제외하곤 온전히 그림에만 집중하고 있었다.

그리고 그 모습에 꼬맹이의 나뭇조각이 뭘 조각한 것인지 알 수 있었다.

천 위안을 주고 산 그림과 비슷한 수묵화는 잠시 후 완성되었고 그제야 황보철은 고개를 돌리며 묻는다.

"무슨 일로 왔소?"

"설명이나 들을까 해서요."

"아! 천 위안에 그림을 샀다는 친구군."

"네."

"그림에 대한 설명이 아니라 그만 한 가치가 있는지를 묻고 싶은 거겠지."

"겸사겸사요."

"음, 어떤 말을 해줘야 만족하려나?"

"솔직하게 말하면 좋겠죠."

"푸하하하핫! 장사꾼에게 그런 걸 바라다니 웃기는 말이군. 하지만 난 장사꾼이 아닌 화공이니 솔직히 말해주지. 천 위안 가치는 충분할 거야. 아니, 부족할지도 모르겠군. 이젠 나도 그릴 수 없는 그림이니까."

"방금 전에도 그렸잖아요?"

"이거?"

황보철은 아직 먹이 마르지 않은 그림을 와락 구기더니 한쪽으로 던져 버린다.

그리곤 싸구려 백주를 벌컥벌컥 마신다.

"크으~ 쓰레기야. 술을 마시지 않고 그린 것은 당신이 가진 그림뿐이지. 원래 팔 물건이 아니었지만… 뭐, 유한이가 팔았으니 그걸로 됐겠지."

"꼬맹이 이름이 유한인가요?"

"그렇소. 한데 만족할 만한 답이 되었소?"

내가 원하는 답이 아니었다.

"아니, 내가 듣고 싶은 건 백호단인 당신이 굳이 이렇게 사는 이유가 뭔지를 알고 싶군요."

"……!"

황보철의 놀란 표정은 오래가지 않았다.

오히려 내 말을 듣기 전보다 더 냉소적이고 허탈한 표정으로 술을 남김없이 들이켠다.

"카아! 내가 누구인지 알고 왔다면 그만큼 자신이 있다는 뜻이겠군?"

"약간은."

"술 때문에 안목이 줄긴 했지만 아무것도 느껴지지 않는 상대라… 약간은 아닌 것 같군."

"고통스럽진 않을 거야."

"큭큭큭! 마음을 써줘서 고맙다고 해야 하나?"

황보철이 공격해 오길 기다렸지만 그는 그럴 마음이 없어 보였다. 그저 모든 것을 체념한 듯한 표정으로 새로운 술병을 따고 마실 뿐이었다.

"언제쯤 끝낼 생각인가?"

새로운 술병이 반쯤 줄었을 때 왜 손을 쓰지 않느냐고 물어 온다.

"글쎄, 솔직히 망가진 당신을 보고 있자니 마음에 내키진 않아."

"복수를… 하기 위해 온 거 아닌가?"

"엄밀히 따지자면 당신과 직접적인 원한 관계가 있는 건 아니야. 당신이 속한 조직에 원한이 있지."

"훗! 어느 쪽이든 상관없지 않나?"

"그렇긴 하지. 원래 이런 성격이 아니었는데 요즘 좀 변했거든."

그의 말이 맞다.

내가 언제부터 그런 걸 따졌다고.

그러나 조금이 아니라 많이 변했다.

그리고 지금 이 순간에도 변하고 있다.

어제만 하더라도 이렇게 주절거릴 시간에 그의 심장과 단전을 박살 냈을 것이다.

지난 이틀간 다른 세 명의 백호단원에게 그랬던 것처럼 말이다.

"내가 변했다고 세상이 바뀌는 건 절대 아냐. 나를 대신할 사람은 넘치지. 물론 너의 변화는 나에게 무척이나 반가운 얘기지만 말이야. 크크크크!"

"당신도 변화를 겪은 모양이군."

"변화라기보단 원래 나에게 맞지 않은 일을 조직의 일이라 억지로 했던 거야. 본능을 무시하고 무리를 했으니 이렇게 된 건 당연한 결과지."

후회한다고, 잘못을 뉘우쳤다고 과거의 행위가 사라지는 것은 아니다.

다만 황보철에겐 죽는 것보다 사는 게 더 고통스러운 형벌이 될 것이라는 생각이 들었다.

물론, 이런 생각이 변명에 불과하다는 것도 알았다.

결정을 했으니 더 이상 미적일 이유는 없었다.

"천외천에 어떤 일이 일어나든 끼어들지 마. 그땐… 당신뿐만 아니라 꼬맹이도 살 수 없을 거야."

"무슨 일이 발생한다는 소리군?"

"궁금한 것이 있어도 신경도 쓰지 마. 그리고 이왕 살려주는 거 하나 더 가르쳐 주지. 천외천이랑 연락하지 말고 꼬맹이랑 이곳을 떠나. 그리고 완전히 잊고 살아."

제갈무량이 천외천을 손에 넣으면 황보철을 제거할 것이 분명했다.

"크크! 그들이 쉽게 날 놔주리라 생각하나?"

"황보철이란 존재는 이미 죽었어. 나도 그렇게 보고할 테고 이후론 누구도 찾지 않을 거야."

"그런가……?"

내 말에 담긴 뜻을 생각하는 황보철.

그를 죽이지 않고 이대로 내버려 두는 것이 어떤 결과를 불러올지 생각하게 된다.

그가 오늘 일을 천외천에 얘기를 한다면 제갈무량은 물론 나도 위험해질 수 있었다.

'역시 죽여야 하는 건가?'

일순 마음이 흔들린다.

굳이 이만 한 일에 위험을 감수해야 할 이유가 있느냐고 반문까지 해보지만 결국 내 느낌을 믿어보기로 했다.

화랑을 막 나서려는데 황보철이 입을 연다.

"…문주를 조심하게."

"어떤 점을?"

"나도 몰라. 하지만 일 때문에 그를 몇 번 봤는데 그때마다 왠지 모를 공포를 느꼈어. 실력 차이도 크지 않았는데 말이지. 그리고 겉으로는 자애롭게 보이지만 무척이나 음험한 인물이야."

"조직의 수장쯤 되려면 음험하지 않으면 불가능하지. 전혀 도움이 되지 않는 말이지만 잘 새겨둘게."

"그리고……."

그 인간 참, 내 마음이 변하면 어쩌려고 계속 불러 세우는지 모르겠다.

"유한이를 건드리지 않아서 고맙네."

"나도 나쁜 놈이지만 죄 없는 어린애를 죽일 만큼 쓰레기는 아냐. 잘 키워."

황보철은 더 이상 날 붙잡지 않았고, 난 화랑을 나왔다.

황보철을 살려둔 건 마음의 변화라고 했지만 명확하게 말하자면 황보유한이라는 꼬맹이에게서 나를 봤기 때문이었다.

내가 느꼈던 슬픔을 꼬맹이에게까지 알게 하고 싶지 않았다.

밤이 된 거리는 많은 사람들로 북적이고 있었고 난 그 흐름에 몸을 실었다.

* * *

8월 11일.

중국 내에 있는 백호단 넷—실제로는 셋이지만—을 제거하고 Chan' s Investment에 머물며 수련을 하고 있다.

사실 말이 수련이지 눈을 감고 멍하니 앉아 있거나 회사 주변을 돌면서 잡히지 않는 '무언가' 를 생각하는 일이었다.

"자니?"

디오네의 목소리에 소파에 누워 있던 난 자세를 바로 해 앉았다.

"아니에요, 생각 중이었어요."

"푸후! 생각을 깊이도 했구나."

난 깨어 있다고 생각했는데 잠들었었나 보다.

빙긋이 웃으며 입을 훔치는 동작을 하는 디오네를 따라 하자 축축한 침이 손에 닦였다.

"남궁린 만나러 가는 거예요?"

멋쩍음에 화제를 바꿨다.

디오네는 머리를 틀어 올리고 화려한 은빛 드레스를 입고 있었다.

"응."

"잘돼가요?"

"너무 치근덕거려서 피곤할 지경이야."

하긴 나도 버티기 힘든 디오네의 유혹을 여자라면 사족을 못 쓰는 남궁린이 버티기는 불가능한 일일 것이다.

"조심해요."

"네 걱정이나 하셔. 참! 널 만나러 온 사람이 있다는 얘길 해주려고 했는데 엉뚱한 소리만 하고 있었네."

"누군데요?"

"남궁린의 여비서."

"능려안이요? 그녀가 왜……?"

난 놀라 소파에서 벌떡 일어났다.

최면에 걸린 능려안이 무의식중에 나를 만나러 오는 날은 내일이다. 그리고 장소도 이곳이 아닌 공원.

그렇다면 제정신으로 날 찾아왔다는 얘기였다.

"어디에 있죠?"

"아래층 회의실에."

디오네에게 잘 다녀오라고 인사를 한 후에 재빨리 아래층으로 내려갔다.

내일 만나면 그녀에게 시킬 일이 있었다.

그래서 제갈화령과의 소문 때문에 내 목숨을 노리고 회사 주변을 어슬렁거리는 자들에게 들키면 곤란했다

하지만 회의실로 들어가 그녀의 모습을 보자 안심이 되었다.

능려안은 니갑(Niqab)이라는 이슬람권 여성의 전통 의상으로 눈을 제외하곤 전신을 가리고 있었다.

"오랜만이네, 찬. 아니, 위즐러 챈 사장님이라고 불러야 하는 건가?"

"찬이라고 불러줘, 려안."

"황송하게도 내 이름을 기억하고 있었네?"

말에 가시가 나 있는 것이 뭔가 단단히 뒤틀렸나 보다.

"일단 그런 옷을 입고 오느라 상당히 더웠을 텐데 시원한 음료수 한잔 하면서 얘기하자."

"됐어! 묻고 싶은 게 있어서 왔을 뿐이야!"

"사양할 것 없어."

"……."

능려안은 아이러니하게도 남자 위에 서고 싶어 하는 성격을 가진 반면에 강하게 나오는 남자에게 약했다.

천락에 있을 때 그녀가 우위에 있는 것처럼 보였지만 제일 처음 그녀를 유혹해 호텔에 데려간 것도 나였다.

시원한 음료수를 마시고도 굳은 표정을 풀지 않던 능려안이 먼저 입을 열었다.

"어떻게 날 감쪽같이 속일 수 있지?"

"속았다고 생각한다면 미안해. 하지만 난 속인 적이 없어, 려안."

"어불성설이야!"

"중국을 알고자 찬이 되었고, 이제 그 목적이 끝났기에 본래의 위즐러 챈으로 돌아온 것뿐이야."

"그렇다면 왜 아무 말도 없이 떠났지?"

"휴우~ 려안……."

"네가 사라지고 난 다음 얼마나 널 찾았는지 알아? 사람까지 써서 널 찾기 위해 노력했어!"

몰래 떠나 버린 연인을 그리워하는 코스프레인가.

난 능려안을 이용할 목적으로 만났고 그녀 또한 날 좋아는 했지만 사랑하진 않았다.

다만 호감을 주기 위해 꾸준히 건 최면의 암시가 지금 이 상황을 만든 것임에는 틀림없다.

어차피 내일 만나 마지막 명령을 내린 후 풀어줄 생각이었다. 그게 오늘이 된다고 해서 문제가 될 일은 없었다.

난 천천히 목소리와 손동작을 이용해 최면을 걸며 과거의 암시를 깨뜨리기 시작했다.

"우린 연인이 아니었어, 려안. 넌 회사에서 받은 스트레스를 풀기 위해, 난 천락에서 받은 스트레스를 풀기 위해 서로가 필요한 것뿐이었어."

"그건……."

"생각해 봐. 넌 보스이자 연인인 남궁린을 떠나고 싶어 했었잖아. 근데 그자가 어떤 사람인지 알기에 도망칠 수가 없었던 거야. 하지만 가만히 있기엔 가슴속에 담긴 화가 너무 크고 많았어. 그래서 그걸 풀고자 날 만난 거야. 아닌가?"

"…맞 …아."

능려안이 흐릿해진 눈빛으로 고개를 끄덕인다.

예전보다 최면을 거는 속도가 빨라졌다는 것에 약간 놀랐다. 그래서 이리저리 주절거리려던 계획을 바꿔 단도직입적으로 말을 꺼냈다.

"우린 그저 친구였어."

"그래, 친구였어."

"그리고 친구로서 날 보러 와준 것에 대해 감사해."

"친구로서 당연한 일이야."

"그렇게 생각해 줘서 고마워. 그래서 나도 친구로서 남궁린에게서 벗어날 수 있는 방법이 있다는 걸 말해주고 싶어."

"……!"

"벗어나는 것뿐만 아니라 네가 꿈꾸던 대로 중국이 아닌 다른 나라에 가 원하는 삶을 살 수 있을 거야."

"내가 어떻게 해야 하지?"

내가 거는 암시와 그녀의 바람이 일치하는 순간 능려안의 눈이 맑아졌다.

최면으로서는 최상의 결과로 무척이나 드물게 일어나는 경우였는데 그녀가 남궁린에게서 얼마나 벗어나고 싶어 하는지를 간접적으로나마 알 수 있었다.

"8월 16일 날, 일반인들 없이 청룡단원들만 한 층으로 모아 줄 수 있겠어? 그리고 그들이 삼십 분 정도만 움직이지 않게 해주면 돼."

"어렵지 않아. 간혹 회의 때문에 남궁린이 소집을 하니 그 핑계를 이용하면 돼."

능려안은 내가 청룡단이라는 이름을 알고 있다는 것조차 의심 없이 받아들였다.

"좋아. 그리고 이 번호로 전화를 건 후 밖으로 빠져나오면 돼."

"그게 끝이야?"

내가 적어준 전화번호를 스마트폰에 저장하며 묻는다.

"응. 그 다음부터는 자유야. 원하는 곳으로 떠나도 좋고,

중국에 계속 남아도 되고."

"떠날 거야!"

"어디로 갈 생각이야? 미국이라면 도움을 줄 수 있을 것 같은데."

"캐나다."

"가까운 곳이니 어쩌면 도움이 되겠다."

"괜찮아. 친척 언니가 그곳에 살고 있거든. 그곳에서 지내며 정착할 곳을 찾아볼 생각이야."

이미 자유를 얻은 듯 캐나다에 대해 이런저런 얘기를 하는 능려안은 꽤나 행복한 모습이었다.

* * *

8월 13일, 저녁.

내일은 천외천 십 장로의 회의가 있는 북경으로 떠나야 했기에 마지막 계획 점검을 위해 제갈화령과 만나기 위해 약속 장소로 향했다.

찻집이라 했지만 현대적인 미술관이라 할 만큼 디자인이 요란한 곳이었다.

테이블과 의자는 물론 벽 전체가 대리석으로 이루어진 방으로 들어가자 무늬 때문에 눈이 어지러울 지경이다.

"꽤나 정신 사나운 곳을 약속 장소로 잡았군요."

"조용하니까."

조용한 곳이라면 차라리 빌딩 옥상이 좋았을 것을.

이왕 잡은 것 어쩔 수 없는 일이라 속으로만 투덜대곤 자리에 앉았다.

"어때?"

일의 진행 사항을 묻는 것이리라.

"계획은 아무 문제없이 진행되고 있어요. 내가 십 장로만 제거할 수 있다면 천외천은 제갈가의 것이 될 겁니다."

"그걸 묻는 게 아냐."

"그럼요?"

"네 현재 상태가 어떤지 묻는 거야."

나를 걱정하는 말투라니, '이 여자가 뭔가를 잘못 먹었나?' 하는 생각이 들었다.

"일을 그르칠까 묻는 것뿐이야."

'그럼 그렇지, 쩝!'

제갈화령의 인간적인 면을 본 것 같아 조금이나마 기뻤는데 이 역시 나의 착각이었다.

"괜찮아 보이지 않아요?"

"전혀. 뭔가 고민하는 얼굴이야."

"고민 따위야… 있죠."

'없다' 라고 말하려 했지만 여전히 나를 괴롭히는 '무엇' 에 대해 그녀가 알지도 모른다는 생각에 말을 바꿨다.

그리고 막연하기만 한 '무엇' 에 대해 설명하고자 노력했다.

"…알 것 같다고 인식하기도 전에 다시 사라져 버려요. 그래서 무엇인지 알 수가 없죠."

"감정적인 부분은 어때?"

"기분이 좋았다가 별안간 나빠지기도 하고, 해야 할 일도 굳이 해야 할 일인가 고민하게 돼요. 간단히 말해 될 대로 되라는 식이라고 할까요."

"다른 백호단은 죽였음에도 황보철을 살려둔 것도 그 이유에서인가?"

나에게 미행을 붙인 건 청룡단과 주작단뿐만이 아닌가 보다.

하지만 예상했던 일이다.

제갈화령은 모르지만 제갈무량이 나의 행동을 체크할 것이라는 건 너무나 당연한 일이었다.

"왠지 죽이고 싶지 않았을 뿐이죠."

"이해해."

"이해한다는 것은……?"

"맞아. 나도 겪었던 일이야."

"그 말은 '무엇' 을 알고 있다는 말이군요."

"정확하게는 나도 잘 몰라. 다만 다음 단계로 가기 위한 벽이라고 생각하면 될 거야."

"그럴 거라 예상은 했었죠. 한데 누나도 잘 모른다니 이상하네요. 그 벽을 깨뜨린 게 아니었나요?"

"나도 몇 년 전에 너와 같은 경험을 했었어. 그래서 처녀성이라는 것이 아무것도 아니라는 생각을 했던 건지도 모르지. 벽을 깨뜨렸냐고? 아니, 난 그저 벽을 우회했을 뿐이야."

"우회?"

이해가 되지 않는 말이었다.

"우회라는 것 또한 표현에 불과해. 너와 유사한 상태가 되었을 때 나도 네가 말한 '무엇'을 밝히려고 무던히도 노력했지. 하지만 결국 벽을 넘지 못했어."

제갈화령은 꽤나 씁쓸한 표정으로 말했다.

"결국 누나도 모른다는 말이군요."

"응. 도움이 될지 모르지만 한 가지 말해주자면 노력하다 보면 벽에 더욱 가까이 갈 수 있을 거야. 그러면 갈팡질팡하는 마음도 없어질 테고."

"무척이나 도움이 되는 말이군요."

"도움을 못 줘서 미안."

"누나가 미안해할 일은 아니죠. 이제 그만 계획에 대한 얘기를 할까요?"

노력할 시간도 없거니와 노력하고픈 마음도 없다.

그녀처럼 무공에 미친 것도 아니니 복수를 완성할 정도의 무력만 있다면 그걸로 충분했다.

물론 아직까지 약간은 부족한 것 같지만 말이다.

각자 맡은 바에 대한 재확인에 불과했기에 계획에 대한 얘기는 길지 않았다.

"장로님들에 대한 공격이 실패하면 할아버지는 계획을 바꿀 거야."

"나라도 그렇게 했을 거예요. 다만 성공했을 때만 확실히 해주면 돼요."

"걱정 마. 그건 내가 약속하지."

"누나의 약속이라니 믿을 만하군요."

"믿지도 않으면서……."

"하하하."

난 어깨를 으쓱하며 가볍게 웃었다.

그녀도, 나도 이익을 위해 움직이는 것이지 믿음으로 움직이는 것은 아니라는 걸 잘 알고 있었다.

"내일 떠나?"

"네."

"떠나기 전에… 중한 문화 교류나 한 번 할까?"

"됐네요. 가기 전부터 힘 빼기 싫군요. 대신 일이 끝난 후에 하기로 해요."

가능할지는 모르겠지만 말이다.

"…그러자."

이런 순간에 문화 교류라니, 하여간 못 말릴 여자다.

"다음에 봐요."

"…그래."

"약속 지킬 테니 표정 좀 풀어요. 누난 웃는 얼굴이 제일 예뻐요. 그렇게 인상 쓰다간 시집도 못 간다고요."

"됐어, 바보야!"

떠나려던 나보다 먼저 자리를 박차고 나가 버리는 제갈화령.

고개를 절레절레 흔들며 혼잣말을 중얼거렸다.

"그렇게 무술이 좋수?"

도무지 이해가 되지 않는 여자였다.

# 4장

만남

제갈화령을 만나고 Chan' s Investment가 멀리서 보이는 곳에 내렸다.

그리고 남궁린과 황보유천이 보낸 킬러들의 눈을 피해 나왔던 곳으로 다시 들어가려는 순간 이상함을 느꼈다.

거의 빈틈없이 감시하던 킬러들이었는데 지금은 그들 중 일부가 마치 한 조각 빠진 피자처럼 사라졌기 때문이었다.

그것 말고는 이상함이 없었다.

건물 입구에서 고개 숙여 인사하는 경호원과 야간 업무를 하는 직원들.

하지만 엘리베이터를 타고 올라가는 순간 손님이 왔다는

걸 알 수 있었다.

디오네와 제시카를 제외한 낯선 두 명의 기운, 아니, 너무나 그리웠던 기운과 당장에 소름이 돋게 하는 기운.

클로버와 해윤이었다.

방범 시스템을 어떻게 통과했을까 하는 의문이 들었지만 디오네와 제시카가 외부에 나와 있는 상태에서 들이닥쳤다면 무용지물이나 다름없었으리라.

방범 시스템을 지나 안으로 들어가자 클로버가 빙긋이 웃는 얼굴로 서 있었다.

"오랜만이에요, 클로버."

"얼굴이 좀 바뀌었구나."

"할 일이 있어서 좀 고쳤습니다."

"나쁘지 않구나."

"한데 무슨 일이십니까? 설마… 오늘 일을 끝내려 오신 겁니까?"

최대한 담담하게 말하고 있지만 이미 온몸은 전투태세를 갖추고 있을 만큼 긴장하고 있었다.

"긴장하지 마라. 네 일이 끝날 때까진 기다릴 생각이었다."

"그럼, 왜?"

"해윤이가 널 보고 싶어 해서 왔다."

"다른 사람을 신경 쓰는 분이 아니시잖아요?"

"허허허! 그런가?"

클로버는 대답은 하지 않고 사람 좋은 할아버지처럼 웃었다.

하지만 그의 그런 모습조차 적대적으로 느껴져 몸이 움찔거린다. 둘 사이에 팽팽한 공기가 끊어지면 나도 모르게 공격할 것 같아 다시 입을 열었다.

"나머지 두 사람은 어디에 있습니까?"

"잘 지내고 있다. 네가 약속한 날, 나에게 찾아오면 볼 수 있을 것이다."

"꼭 찾아갈 겁니다."

"그래야 할 게다. 그렇지 않고 이번에도 도망간다면……."

"절대 도망가는 일은 없습니다!"

"그날이 되어 봐야겠지."

으드득!

웃음 띤 얼굴로 태연하게 말하는 꼴을 보니 화를 참을 수가 없다. 꽉 쥔 손이 부들부들 떨렸고 앙다문 어금니가 부서질 듯 소리를 낸다.

"이젠 해윤이를 만나보거라."

"왜 무술은 가르친 겁니까? 도대체 무슨 의도로 막힌 혈도를 뚫어준 겁니까? 놀리기 위해서입니까? 그게 아니라면 심심해서입니까?"

할 말을 다 했다는 듯 돌아서는 클로버를 향해 소리쳤다.

그러자 등을 돌린 채 한마디 한다.

"아직 풀지 못했구나?"

"역시 최면을 걸어둔 겁니까?"

"그래."

"……."

너무 당당하게 그렇다고 하니 오히려 할 말이 없었다. 그렇다고 풀어달라고 하기엔 섬에서 이미 버려 버렸다고 생각했던 자존심이 허락하질 않는다.

"아직까지 최면을 풀지 못했다면 친구들을 만나긴 힘들 거야."

"섬에서의 저라고 생각하면 오산일 겁니다."

"그러길 바라지."

클로버는 다시 속을 긁고는 세 사람의 기운이 느껴지는 방으로 들어가 버린다.

'젠장!'

변화한 성격 때문에 딱히 내 목숨에 대해서는 연연하지 않았다.

하지만 클로버에게 납치된 세 사람의 안위 때문에 너무 흥분한 모양이다. 그래서 정작 묻고 싶었던 것에 대한 답은 듣지도 못했다.

"하아~ 후우~"

클로버가 방으로 들어가고 주춤거리던 기운이 문을 열고

나오는 것이 느껴졌다.

해윤이리라.

첫 인사를 어떻게 건넬지, 무슨 말을 해야 할지 생각해 보며 긴 호흡으로 마음을 가다듬는다.

"……."

"……."

일 년 팔 개월 만인가.

기억 속에 있는 그녀와는 달리 많이 말랐고, 초췌해 있었다.

하지만 내가 그리워하던 해윤임에는 변함이 없었다.

"아프다더니… 많이 말랐네?"

"…응."

분명 할 말을 생각해 두었는데 한마디 던지고 나니 어느새 머리가 텅 비어 아무런 생각이 나지 않는다.

해윤도 나와 비슷한 상태였을까.

우리 둘은 한참을 바라만 보고 멍하니 서 있었다.

피식!

지금 내가 보이고 있는 한심한 모습을 인식하자 나도 모르게 실소가 터졌다.

복수를 위해서라고 하지만 난 해윤의 기억을 조작해서 나를 잊게 만들었고 그녀를 떠났다.

헤어지자고 했다면 해윤이 슬퍼했을 것이라는 비겁한 변

명을 스스로에게 했던 것이다. 난 그저 나의 편의를 위해 그녀에게 고통을 준 것이다.

그 변하지 않을 사실을 인정하자 마음이 한결 편해졌고 내가 할 일이 무엇인지 알 수 있었다.

"이리 와, 앉아서 얘기하자."

소파에 앉을 걸 권했고, 해윤은 고개를 끄덕이곤 맞은편에 와 앉았다.

그리고 난 그녀에게 입을 열었다.

"미안해."

"…뭐가?"

"네 기억을 바꾸고 말없이 떠난 거. 너에게도 선택할 기회를 줬어야 했는데 이기적으로 나만을 생각한 거."

"그리고?"

"내가 먼저 찾아가 사과를 했어야 했는데 이렇게 나를 찾아오게 해서 미안해."

"그리고? 그리고 또 무슨 잘못을 했어?"

"……."

"말해봐, 이 나쁜 놈아! 말해보라고!"

눈물을 글썽이긴 했지만 해윤은 울지는 않았다.

고함을 치곤 있었지만 그 모습마저 슬프고 안쓰럽게 느껴진다.

"그래, 입이 열 개라도 할 말이 없겠지. 사람을 얼마나 우습게 봤으면 그런 짓을 하고 떠나 버릴 수 있지? 동정으로 내 마음을 받아줬으니 그렇게 해도 된다는 거야? 그렇게 하니 기분이 좋아지디? 그렇게 하니 잊어졌어? 도대체… 넌, 도대체……."

최면이 깨지면서 처음 그녀가 고백했을 때의 기억마저 되찾았나보다.

"해윤아, 그건……."

"핑계 대지 마! 디오네가 네가 그랬을 수밖에 없다고 얘기해 줬어. 하지만 그렇게 떠나 버릴 거라면 왜 그때 내버려 두지 않은 거야? 차라리 그랬으면 지금처럼 비참한 기분은 들지 않았을 거 아냐!"

반론을 펼 수 없는 말이었다.

그리고 사실 해윤이 고백했을 때 거절을 하고 바로 마음을 바꾼 건 그녀의 눈물이 시리도록 아파서만은 아니었다.

순수한 그녀를 가지고 싶었고, 나 자신을 치유하고 싶었는지도 모른다.

변명으로 들을지 모르지만 그런 마음이었다는 걸 말해주고 싶었지만 그녀의 울부짖음에 입을 다문다.

진즉에 울고 싶었을 텐데 용케 지금까지 참았다.

결국 고여 있던 눈물이 주룩 흘러내린다.

달래줄 수 없음이, 달려가 안을 수 없음이 이토록 가슴을 아프게 할 줄은 몰랐다.

그리고 할 수 있는 말은 하나밖에 없었다.

"미안……."

"넌… 미안하다는 말밖에 할 말이 없구나?"

"잘못했다는 걸 아니까."

"한 가지만 묻자. 솔직히 말해줘."

"말해."

"지금 네가 하고 있는 일 끝나면 어쩌려고 했어?"

"글쎄?"

사실 생각해 본 적 없었다.

이렇게 일이 급박하게 돌아갈 것이라는 것도 예상치 못했고, 클로버가 인질을 데리고 올 거라는 것도 마찬가지로 몰랐다.

최소한 일이 년은 더 걸릴 것이라 생각하고 있었고 내가 이 전쟁에서 승자가 되리라는 건 생각하지 못하고 있었다.

난 해윤이에게 납치되던 날부터 오늘까지의 일들을 가급적 잔인하지 않게 설명을 하기 시작했다.

잘못에 대한 고해성사였고, 그럴 수밖에 없었음을 이해해 달라는 설득이었다.

솔직한 이야기임을 느꼈는지 해윤이는 눈물을 멈추고 얌전히 듣고 있었다.

그리고 얘기가 진행될수록 다시 눈물을 흘렸는데 배신에 대한 슬픔이 아닌 나에 대한 안쓰러움에 흘리는 눈물처럼 느껴졌다.

"…너에게까지 피해가 가게 할 수 없었어. 슬프게 하기는 더더욱 싫었고. 나만 생각한 행동이라는 거 알아. 하지만 내가 복수에 미친 괴물이 아니라, 그저… 그저 누군가를 사랑한 평범한 사람이었다는 증거인 널 잃고 싶지 않았어."

"……."

"일이 무사히 끝났을 때 비록 네가 다른 사람의 연인이 되어 있었다고 해도… 그동안 지탱해 줄 기억이 필요했었어."

"너… 넌 이기적이야. 흑!"

울음 때문에 잠긴 목소리로 한마디 하는 그녀는 아까와 달리 고개를 숙인 채였다.

"알아. 진짜 미안해, 해윤아."

무의식중에 그녀를 향해 뻗던 손을 멈추고 다시 한 번 잘못을 사과했다.

그러나 내 사과에 해윤의 감정은 다시 폭발한다.

"누가 미안하다는 얘기 듣고 싶다고 했니? 내가 너에게 그런 말을 듣고도 이해 못 할 정도로 바보 같아 보이냐고! 널 보면 무슨 말을 할까, 어떤 표정을 지을까 수없이 생각했어. 사실 기뻤어… 당장에라도 달려가 안기고 싶을 정도로 기뻤어! 한데 그 기쁨만큼 알 수 없는 화가 나는 걸 어떻게 해?"

"해윤아……."

"그냥 안아주면 안 됐니? 그리고 그냥 만나서 기쁘다고 속삭여 주면 안 됐냐고! 으흑, 으흑흑흑! 나쁜 놈! 미안하다고? 당연히 미안해야지. 내가 듣고 싶었던 말은 미안하다는 말이 아니었어. 내가, 내가 진정 바란 건… 그건…….”

미친 듯이 소리치던 해윤이 몇 번이나 망설인 끝에 한 말은 혼잣말처럼 작았다.

“나에게 다시 돌아온다는 말이었어.”

“……!”

갑자기 찌리릿 한 느낌과 함께 눈이 뿌옇게 흐려진다.

눈물인가?

어금니를 악물고 눈을 연속적으로 깜빡거리며 흐려진 시야를 또렷하게 만들려 노력했지만 소용이 없었다.

그리고 다시 한 번 울컥한 무엇이 가슴을 타고 올라오며 결국 눈물을 흘린다.

돌아갈 곳이 있다?

그토록 섬에서 살아남아 한국으로 돌아오려고 했던 건 날 기다리고 있을 아버지를 보고 싶었기 때문이었다.

돌아가셨을 것이라 생각하면서도 한편으론 기다리고 있을 것이라는 막연한 믿음이 있었기 때문이었다.

하지만 돌아왔을 땐 아버지는 안 계셨고, 난 큰 무언가를 잃어버리게 되었다.

지금 생각해 보니 그때 당시 살아가야 하는 이유를 잃은 게 아니었을까.

난 서글프게 울고 있는 해윤이에게 다가가 꼬옥 껴안았다.

"놔! 놓으란 말이야! 놔… 놓으라고, 이 나쁜 놈아. 으아아아앙!"

말과 달리 그녀는 잠시 발버둥 치다 오히려 품에 안겨 큰 소리로 울기 시작한다.

"…돌아갈 테니 기다려 줘."

해윤을 더욱 강하게 안으며 속삭였다.

끝까지 미안하다고 말하며 모질게 대하는 편이 나았을지도 모른다.

지금 행동이 해윤에게 더 큰 슬픔을 줄지도 모르니까 말이다.

얼마 전까지의 나라면 분명 그렇게 했을 것이다.

그러나 이기적이라 한들 지금은 내 감정을 숨기고 싶지 않았다.

* * *

"휴우우~"

서류의 마지막 장을 넘긴 조단성은 사인을 하고 책상 오른쪽의 서류 더미에 올려놓았다.

그리고 의자에 기대며 긴 한숨을 내뱉는다.

북경에서 업무를 마치고 상하이에 도착한 것은 점심이 조금 넘은 시간. 그때부터 밀린 서류 작업을 하고 있지만 일곱 시가 넘은 지금까지 삼분의 이 정도밖에 끝내지 못했다.

"오늘도 자정까지 꼼짝도 못 하겠군, 젠장!"

손가락을 이용해 눈을 꾹꾹 누른 조단성은 다시 자세를 바로 하며 왼편의 결재 서류에 손을 뻗었다.

똑똑!

"들어와."

조단성은 노크 소리에도 서류에서 눈을 떼지 않고 말했다.

비서실 직원이 눈치를 보며 들어와 쭈뼛거리다 말을 꺼낸다.

"저… 부단주님, 식사는 어떻게……?"

"요깃거리로 만두나 사다 줘."

"알겠습니다……."

말끝을 흐리는 사내의 목소리에 서류에서 눈을 뗀 조단성은 사내를 지긋이 바라보았다.

여전히 미적거리는 걸 보면 다른 할 말이 있다는 뜻.

물론 조단성은 듣지 않아도 그들—비서실 직원들—이 원하는 걸 알 수 있었다.

'의리라곤 쥐뿔도 없는 놈들!'

생각 같아선 자신이 퇴근할 때까지 무슨 핑계를 대서라도 잡아두고 싶었지만 그래 봐야 지금처럼 신경만 거슬리게 할 것임에 틀림없었다.

"퇴근들 해."

"예! 알겠습니다!"

비서실 직원은 기쁨을 숨기지 못하고 명랑하게 답한 후 문을 나간다.

"쩌업!"

입맛을 다신 조단성은 다시 서류에 집중한다.

시간은 금세 흘렀다.

비서실에서 사다 놓은 만두는 비었고 서류는 빠르게 오른쪽으로 쌓여갔다.

"응? 이건……."

그러다 문득 한 서류를 살피던 조단성은 인상을 쓰며 서류에 집중한다.

서류는 S급 섬의 탈주자인 클로버에 관한 것이었는데 미국에서 현무단의 미행을 따돌린 그가 한국을 경유해 중국에 입국했다는 내용이었다.

서류가 올라온 것은 이틀 전이었고, 클로버가 상하이에 도착한 날은 십 일 전이었다.

"빌어먹을! 이런 중요한 소식을!"

클로버에게 얼마나 많은 현무단원들이 희생되었던가. 조단성이 중국의 각 도시는 물론 미국 각지를 돌며 격무에 시달리고 있는 것도 순전히 그에게 붕괴된 현무단 분점을 다시 되살리기 위해서였다.

클로버는 천외천에게 있어서 재앙이었다.

아무리 바빴다고 하지만 그런 재앙이 중국에 들어왔다는 사실을 이틀 전에 보고받고도 지금에서야 연락을 한다면 징계를 받을 것임에 틀림없었다.

하지만 그가 중국에 올 것이라는 것은 천외천 상층부에서도 이미 예상을 했었고, 대비도 해뒀기에 큰 징계는 없을 것이라는 게 조단성의 생각이었다.

10시가 조금 넘은 시간.

직속상관인 현무단주는 여자의 치마폭에 싸여 있을 시간이었다. 연락을 하면 지랄할 것이 분명했다.

하지만 미룰 수 없는 일이라는 게 그의 생각이었기에 전화기를 들었다.

뚜루루루루~ 뚜루루루루~ 뚜루루루루…

"얼나이의 품에 있나 보군."

신호가 여러 번 울렸지만 직속상관인 현무단주는 받을 생각을 하지 않았다.

"청룡단주에게 연락을 해야겠어."

조단성은 미래를 위해 일은 자기에게 모두 맡긴 채 여자만 밝히는 현무단주보다는 천외천의 차기 문주가 될 남궁린에게 줄을 대고 있었다.

한데 막 전화를 끊으려는 순간 현무단주가 전화를 받았다.

—이 늦은 시간에 무슨 일이지?

별일 아니면 용서하지 않겠다는 말투였다.

조단성은 근 몇 달 동안 퇴근은커녕 잠마저 제대로 자지 못하고 일을 하고 있었다. 그래서 현무단주의 반응에 화가 났다.

하지만 단주에게 화를 낼 만큼 내공이 얕진 않았다.

“늦은 시간에 죄송합니다. 긴급한 일이 생겨 아셔야 할 것 같아 실례를 무릅쓰고 연락을 드렸습니다.”

—긴급한 일?

“예, 클로버가 중국으로 넘어왔다는 보고입니다.”

—오늘 넘어온 건가?

“아닙니다. 일주일 전쯤 상하이로 왔답니다.”

처음엔 정확하게 보고를 할 생각이었다. 그러나 단주가 개지랄할 걸 생각하니 절로 거짓말이 나온 것이다.

—일주일 전에 도착한 걸 왜 이제야 보고를 하는 거지?

“미국에서 원거리 미행을 하다 그의 행방을 놓쳤다가 오늘에서야 흔적을 찾았나봅니다.”

—일하는 꼬락서니들 하곤…….

“죄송합니다.”

—장로님들껜 내가 연락을 하지. 그리고 이번 일에 대해선 나중에 얘기하지.

“알겠습…….”

뚜우~ 뚜우~

말이 끝나기도 전에 전화가 끊겼다.

조단성은 어이없다는 듯 수화기를 바라보다 얼굴을 와락 구겼다.

"이런 개새끼!"

쾅! 꽈직!

수화기를 있는 힘껏 전화기에 놓았다. 아니, 내려쳤다는 표현이 더 정확할 것이다.

꽤 튼튼해 보이던 전화기는 단번에 박살이 나버렸다.

그래도 화가 안 풀리는지 욕을 하며 책상이고 벽을 마구 차는 그였다.

"언제고 반드시… 뿌득!"

죽여 버리겠다는 말은 뱉지 않았다.

밤 말은 쥐가 듣고 낮 말은 새가 듣는 법이었다.

한참을 식식거리던 조단성은 화를 가라앉히고 서류 작업을 마저 끝내기 위해 자리에 앉았다. 그리고 제법 두툼한 서류를 집어 들었다.

이번 서류는 백호단주인 제갈화령의 남자로 소문난 위즐러 챈이라는 사업가에 대한 보고서였다.

백호단주인 남궁린이 그의 뒷조사와 함께 킬러를 보내라고 특별히 부탁했던 것이기에 조단성은 주의 깊게 살펴보았다.

위즐러 챈. 재미 교포 3세로 올해 27세. 그의 할아버지 찬두성은 권력에서 밀려나며 아버지인 찬민과 도미하였음. 이후 …(중략)…… 일 년 팔 개월 전 중국으로 건너와 Chan's Investment를 설립함.

짧은 시간 조사한 것치곤 꽤나 상세히 조사되어 있었다.

고등학교 때 부모를 잃고 홀로 된 후 잠시 행방이 묘연했다는 것을 제외하곤 특별한 것은 없었다.

"어……?"

위즐러 챈의 경력을 살피던 조단성은 나지막이 의문을 터뜨렸다.

그가 본 것은 캐플러 투자 그룹과 미지 그룹의 업무 제휴를 성사시킨 회사의 대표가 위즐러 챈이라는 대목이었는데 그중 미지 그룹이 눈에 띈 것이다.

"미지 그룹이라……."

아주 친숙한 이름이었다.

물론 미지 그룹이 중국에 진출해 일반인에게도 꽤 친숙한 이름이긴 했다. 하지만 그래서 중얼거린 것은 아니었다.

왠지 모를 친숙함과 함께 스멀스멀 피어오르는 직감 같은 것이 있어서였다.

조단성은 컴퓨터를 켰다.

확인이 끝난 서류나 보고받지 않았던 사소한 정보는 모두 데이터화 되어 컴퓨터에 저장되어 있었다.

'미지 그룹' 이라 치자 모니터의 왼편으론 연관 단어가, 오른편으론 관련 정보가 나온다.

유독 눈에 띄는 두 개의 연관 단어.

서미혜와 박무찬.

"위즈!"

조단성은 무엇에 홀린 듯 '박무찬' 을 클릭한 후 사진을 찾았고, 들고 있던 서류를 넘겨 위즐러 챈의 사진이 있는지를 확인했다.

"여기 있군."

위즐러 챈의 사진을 모니터에 띄워진 위즈의 사진 옆에 두고 얼굴을 비교했다.

"음, 착각인가?"

다른 얼굴이었다.

제갈호에 의해 제거된 박무찬과 위즐러 챈을 동일 인물로 보기에는 무리가 있었다.

그러나 그의 직감은 계속해서 다른 뭔가가 있다고 말해줬다.

그는 다시 위즐러 챈으로 검색을 해본다.

자료가 있을 것이라 생각하지 않았는데 의외로 간단한 프로필과 사진, 동영상이 있었다.

그 영상엔 위즐러 챈이 헤븐을 구경하는 모습이 찍혀 있었는데 조단성은 그의 눈빛을 중점적으로 바라보았다.

섬의 탈출자를 확인하기 위해 남아 있는 S급 섬의 영상을 수없이 봐왔던 그이기에 천외천에서 누구보다 위즈에 대해 잘 알고 있었다.

'눈빛이 정말 닮았어. 만일 위즈가 죽지 않았다면? 그래서 성형수술을 했다면? 하지만 제갈호가 거짓말을 할 이유가 없지 않은가?'

조단성도 자신의 생각이 가정에 가정을 더한 억측에 불과하다는 것을 알고 있었다.

윗선에 보고를 하기 위해선 억측이 아닌 납득시킬 만한 증거가 필요했다.

조단성의 손이 다시 바빠졌다.

제갈호가 위즈를 죽였다고 보고를 한 시점부터 천외천에서 일어난 이상한 점들을 찾기 시작했다.

"휴우~"

한참을 컴퓨터와 씨름을 하던 조단성은 한숨을 쉬었고 더 이상 찾아볼 것이 없다는 듯 눈을 감은 채 의자에 머리를 기댔다.

증거는 없었다.

그리고 직원들도 없는 이 늦은 시간에 혼자 고민한다고 해결될 문제가 아님을 인정해야 했다.

눈을 뜬 조단성은 시간을 확인했다.

그리곤 낮게 투덜댔다.

"젠장! 오늘도 12시가 넘겠군."

클로버와 위즐러 챈에 대한 서류에 너무 많은 시간을 소비했음을 깨달은 그는 서둘러 서류 작업에 집중했다.

모든 서류에 결재를 마친 조단성이 사무실을 나선 것은 그의 예상대로 12시가 넘은 시간이었다.

엘리베이터를 타고 지하 주차장으로 내려간 그는 자신의 차를 향해 걸어갔다.

그리고 막 차 문을 열려는 순간 뒤에서 여자 목소리가 들렸다.

"오랜만이에요, 조 부단주."

"헉!"

인기척조차 느끼지 못했기에 조단성은 깜짝 놀랐다. 그러나 뒤를 돌아 목소리의 주인공을 확인한 그는 자세를 바로 하고 포권을 취하며 인사를 했다.

"백호단주님, 잘 지내셨습니까?"

"덕분에요."

빙긋이 웃으며 말하는 제갈화령을 보며 왠지 모를 섬뜩함이 등줄기를 타고 내린다.

이 년에 한 번 있는 천외천 회합 때나 얼굴을 보고 간단히 인사만 나누던 제갈화령이 12시가 넘은 지금 이 시간에, 그것도 백호단 상하이 지점의 지하 주차장에 나타나 말을 걸어오니 이상한 건 당연했다.

"하… 하하! 한데 단주님이 여긴 웬일로……?"

조단성은 애써 웃으며 태연한 척 말했다.

그리고 재빨리 머리를 굴렸다.

'백호단주는 무슨 일로 이곳에 왔을까.' 에 대해 머리가 좋은 편인 조단성은 몇 가지 가능성을 두고 생각을 해보았다.

그중 가장 가능성이 높은 건 연인으로 소문난 위즐러 챈에게 킬러를 보낸 것 때문에 온 것이 아닐까 하는 생각이 들었다.

"잠깐 얘기나 나눌까 하고 왔어요."

"이 시간에요? 급한 일이 아니라면 내일 제가 단주님께 찾아뵈면 안 되겠습니까?"

"급한 일이에요."

"위즐러 챈 씨에게 킬러를 보낸 일이라면… 내일이라도 철수시키겠습니다."

"그것 말고도 다른 할 말도 있어요. 그리 오래 걸리진 않을 거예요."

"…알겠습니다."

불안감에서 벗어나 보려고 했지만 소용이 없는 일이었다.

그는 제갈화령을 조수석에 태우고 차를 출발시켰다.

"어디로 모실까요?"

"아무 데나 가요."

"그럼… 제가 출출해서 그런데 야시장으로 가도 되겠습니까?"

"그러고 보니 저도 배가 고프네요. 그리로 가죠."

그 말을 끝으로 아무 말 없이 창밖을 보고 있는 제갈화령을 흘깃 본 조단성의 표정이 살짝 꾸겨진다.

'착각인가?'

지하주차장에서 제갈화령을 봤을 때 조단성은 죽을지도 모른다는 생각이 퍼뜩 들었었다.

오랫동안 현무단에서 생활하면서 가지게 된 육감은 그녀의 웃음이 소리장도라고 말해주었기 때문이었다.

그래서 그녀의 의도를 파악할 겸 사람이 많은 야시장으로 가자고 말을 했다. 만약 그녀가 조용한 곳으로 가자고 했다면 그는 무슨 수를 써서라도 도망갈 생각이었다.

물론, 그녀의 손을 피해 도망칠 가능성은 한없이 영(0)에 가까웠지만 말이다.

한데 야시장에 가자는 데도 괜찮다는 걸 보니 자신의 생각에 의문이 들었다.

'위즐러 챈에 대한 것도 그렇고, 제갈화령에 대한 것도 그렇고 피곤해서 그런가?'

오늘따라 너무 민감하게 반응하는 자신을 나무라며 야시장을 향해 속도를 높였다.

몇 시간 전까지 엄청나게 북적였을 야시장도 새벽이 되어서인지 제법 한산했다.

적당한 곳에 앉아 음식과 술을 주문했다.

음식이 나오고 그릇이 거의 비어갈 때쯤 술을 한 잔 마신 제갈화령이 입을 열었다.

"원망스럽지 않아요?"

"그게 무슨……?"

너무 뜬금없는 말이었기에 의문을 표했다.

"능력은 있음에도 가문에 속하지 않는다는 이유로 더 이상 높은 자리에 앉지 못하고, 능력이라곤 쥐뿔도 없는 것들이 좋은 가문에서 태어났다는 이유만으로 높은 자리를 세습하는 문파의 현 상황이 원망스럽지 않냐고요?"

"그, 그건… 괘, 괜찮습니다."

조단성은 제갈화령의 말에 당황할 수밖에 없었다.

물론 그런 마음이야 오래전부터 있었다.

하지만 그 말이 맞는다고 넙죽 대답하기엔 눈앞의 상대 역시 기득권자 중 한 명이었다.

"후후, 솔직하지 못하군요."

"평생 동안 문파에 충성해 온 절 의심하는 겁니까?"

조단성은 정색하며 말했다. 그러나 제갈화령은 그의 행동이 대수롭지 않다는 듯 말을 이었다.

"문파에 대한 마음을 의심하는 게 아니에요. 부단주 자리에 만족하고 있는지를 묻는 거죠.”

‘도대체 무슨 의도냐, 제갈화령?’

머리가 복잡했다.

이토록 불만에 대해 직접적으로 물어온 걸 보면 ‘예스’라고 대답한들 벌을 받을 것 같지는 않았다. 그럼에도 쉽사리 대답을 할 수는 없었다.

그저 의도를 파악하기 위해 쉴 새 없이 머리를 굴릴 뿐이었다.

“참! 만족하고 있다면 지금 제가 저지르고 있는 무례에 대해 사과를 하고 자리에서 일어나죠.”

“…….”

참으로 지랄 같은 상황이었다.

그리고 계속해서 생각을 하던 조단성은 결국 머리 굴리는 걸 포기했다.

이래저래 지쳐 있기도 했지만 의도가 무엇인지 상상조차 할 수 없었기 때문이었다.

이럴 땐 차라리 속 시원하게 말하는 편이 나았다.

“원망하지 않는다는 말, 거짓말이 맞습니다.”

“미안해요.”

“네?”

“저 역시 능력이 아닌 가문의 힘으로 백호단주에 오른 사람이니까요.”

조단성은 제갈화령의 진심이 느껴지는 사과에 꽤 놀랐다. 천외천의 장로회를 구성하는 가문의 사람들에게 모욕을 수도 없이 당해봤지만 사과를 듣는 것은 이십여 년 동안 처음이었다.

"단주님은 예외시죠. 백호단주라는 자리는 문파 최고 실력자에게 주어지니까요."

"아뇨! 제가 제갈가 출신이니 단주가 된 거예요. 만일 유력 가문 사람이 아니었다면 오를 수 있는 최고의 자리는 부단주 자리였을 거예요. 지금의 조 부단주처럼 말이죠."

"훗! 그렇게 말씀하시니 아니라고 부정은 못 하겠군요."

"어머, 조금 전과는 달리 지금은 너무 솔직한 거 아닌가요?"

"솔직한 대답을 원하신 거 아닙니까? 하하하!"

"호호호! 맞아요."

두 사람은 가볍게 농담을 하며 웃었고, 이후 사소한 대화를 나누며 술잔을 기울였다.

그리고 어느 정도 분위기가 풀어지자 제갈화령은 방문한 목적을 슬그머니 꺼냈다.

"제게 인사권이 있다면 현무단 단주에 조 부단주님을 앉혔을 거예요. 가능하다면 현무단과 청룡단을 하나로 묶어서 말이죠."

"말씀만이라도 감사합니다."

"농담처럼 들리나요?"

"아닙니다. 다만……."

가정일 뿐인 말이었지만 조단성은 기분이 좋았다. 자신을 그만큼 인정해 준다는 소리 아닌가.

그러면서 한편으로 씁쓸했다.

단주가 되기 위해 차기 문주가 될 가능성이 가장 높은 남궁린에게 많은 공을 들이고 있지만 설령 그가 문주가 된다고 해도 단주에 앉을 가능성이 희박하다는 걸 알고 있었기 때문이다.

"후후! 부단주가 어떤 말을 하고 싶은지 저도 알아요. 제가 인사권을 가지는 것이 불가능하다고 보는 거죠?"

"…네."

"당연한 생각이죠. 한데 만일 제가 인사권을 가지게 된다면 저에게 충성하실 수 있으신가요? 현재 남궁린에게 충성하는 것처럼 말이죠."

'도대체 무슨 말을 하고 싶은 거지?'

앞을 바라보며 술잔을 기울이고 있는 제갈화령을 흘낏 보며 속으로 중얼거리는 조단성.

역시 버릇처럼 머리를 굴려보지만 그녀의 표정에서 의도를 짐작하기는 어려웠다.

조단성은 잠시 침묵을 지키다 독한 백주를 들이켠 후 대답을 했다.

"제가 충성을 하는 건 천외천뿐입니다. 물론 자리 욕심 때문에 청룡단주에게 잘 보이고자 노력은 했지만 말입니다."

"그 말은 저에게는 충성을 할 수 없지만 천외천에는 충성을 하겠다는 말이군요?"

"그렇습니다."

"문주가 누가 되든 말이죠?"

"그게……."

제갈화령의 말은 극단적이었다. 그래서 반론을 말하려 했지만 생각해 보니 그녀의 말이 딱히 틀린 말은 아니었다.

바로 위 상사인 현무단주는 쓰레기였고 남궁린은 차기 문주에 제일 유력하다는 걸 제외하곤 딱히 존경할 만한 구석이 없었다. 또한 몇 년에 한 번 볼까 말까 한 현 문주인 남궁상현을 경외하지도 않았다.

조단성은 그녀의 말에 새삼 천외천에 대해 다시 생각해 보게 되었다.

그리고 어린 시절부터 속해 있던 천외천이 그의 고향이며 가르침을 준 학교였고 돈을 벌게 해준 직장임을 알게 되었다.

"단주님 말씀이 맞군요. 문주님이 누구이든 전 천외천에 충성을 다할 뿐입니다."

"좋아요! 그걸로 충분해요."

"네?"

'뭐가 충분하다는 건지……'

조단성은 더 이상 머리 굴리기도 싫었다. 그저 빨리 집에 들어가 쉬고 싶을 뿐이었다.

"부탁 하나만 해도 될까요?"

"말씀하십시오."

얼른 헤어지고 싶은 마음에 냉큼 대답했다.

"오늘 인트라넷에서 본 내용은 잊어주세요."

"……!"

지금까지 풀리지 않았던 모든 의문이 연쇄반응처럼 이어지며 풀려 나갔다.

그리고 결론에 도달했을 때 조단성은 제갈화령을 바라보며 열린 입을 다물지 못하고 있었다.

"굳이 보고를 해야 한다면… 며칠만 미뤄주시고요. 들어주실 거죠?"

"…네네!"

"고마워요. 그리고 부탁에 대한 답례는 아니지만 아까 한 말은 제 진심이랍니다."

제갈화령은 떠났다.

하지만 빨리 숙소로 가려 했던 조단성의 앞에 술병이 차곡차곡 쌓였다.

그는 모반을 꿈꾸고 있는 제갈화령에 대해 윗선에 보고를 해야 할지 말아야 할지를 오랫동안 고민하며 생각에 빠졌다.

'…그저 눈만 감고 있으면 돼. 그녀가 실패한다고 해도 내가 손해 볼 것은 없어. 만일 성공한다면…….'

그가 결심을 하고 일어난 시간은 어렴풋이 해가 뜰 무렵이었다.

# 5장

## 침입

뜬 눈으로 밤을 새웠다.

약간 피곤하다는 느낌은 있었지만 깊이 잠들지 못하는 내겐 평소와 큰 차이가 없었다.

"우웅~ …나쁜 놈, 음냐 음냐."

이불이 갑갑한지 차내며 해윤은 나에 대한 미움이 아직 풀리지 않았는지 잠꼬대에서조차 욕을 한다.

몸부림 때문에 뽀얀 피부와 그녀의 트라우마라 할 수 있는 달덩이 같은 가슴이 반쯤 드러났다.

그 모습에 어젯밤에 있었던 격렬했던 섹스가 기억이 나긴 했지만 그렇다고 다시 성적인 욕망이 생기는 건 아니었다.

다시 이불을 덮어주고 찡그리고 있는 얼굴을 손가락으로 펴줬다.

조금 전에 수혈을 짚어뒀기에 깰 것은 걱정할 필요 없었다.

쪽!

"사랑한다, 해윤아."

젖살이 빠지지 않은 듯한 볼에 뽀뽀를 하자 기분 좋은 표정을 짓는 해윤이.

한 번 더 그 모습을 머리에 새기곤 침대에서 내려와 떠날 준비를 한다.

문을 열고 나오자 디오네의 방에 있던 클로버가 기다렸다는 듯 내려온다.

"어디 가느냐?"

"네. 두 사람은요?"

"세상 모르고 자고 있다."

어제는 오랜만에 보는 클로버의 모습에 긴장을 해서 눈치채지 못했는데 오늘 보니 예전의 그와는 말투나 눈빛이 확연히 다르다는 걸 알 수 있었다.

"두 사람은 오늘 할 일이 있습니다. 그러니……."

"후후후. 걱정 마라. 날이 밝으면 해윤이와 떠날 생각이니까."

"…감사합니다."

섬에선 악귀 같았는데 지금 보니 그저 좋아 보이는 옆집 할아버지 같아 적응이 되지 않는다.

"근데……."

"무슨 할 말이 있는 게냐?"

"아닙니다."

혹 내가 죽으면 해윤이의 기억을 조작해 달라고 부탁하려 했다.

하지만 생각해 보니 옆집 할아버지 같다고 느껴진다고 해서 그가 클로버가 아닌 건 아니었다.

서로 죽이고자 하는 상대에게 부탁이라니.

스스로를 책망했다.

"궁금한 게 있습니다."

클로버가 고개를 살짝 끄덕였고 난 말을 이었다.

"저에게 최면을 걸었을 때 천외천에 대한 것도 있었습니까?"

내가 갇혀 있던 섬을 운영한 천외천을 멸하고픈 마음이 드는 건 당연했다. 그러나 그렇다고 목숨까지 걸고 처리할 이유는 없었다.

타국에 있는 조직이었고, 죽었다고 느끼도록 만드는 것만으로도 편히 살 수 있었다. 그럼에도 난 철천지원수라고 생각하며 중국까지 온 것이다.

아무런 의문조차 가지지 않고 말이다.

클로버는 주저하지 않고 답했다.

"있었다."

"그러리라 생각했습니다. 하지만 그 이유가 궁금합니다. 당신이라면 굳이 저의 손을 빌릴 필요가 있었나요?"

천외천에게 원한이 있었다면 오래전에 섬을 빠져나와 했으면 될 일을 왜 굳이 나에게 그런 일을 맡겼는지가 궁금했다.

"후후후! 그 답은 네가 돌아오면 말해주마."

"…알겠습니다."

더 묻는다고 대답해 줄 그가 아니었기에 깔끔하게 포기하고 돌아섰다.

그때 클로버가 뭔가 생각난 듯 소리쳤다.

"참!"

"……."

"네가 실패하면 그 복수는 내가 해주마. 껄껄껄껄!"

어이없는 말이었지만 원래 제정신이 아닌 인간임을 알고 있었기에 그러려니 하고 문을 나섰다.

깜빡 잠들고 일어나니 비행기는 북경의 하늘을 날고 있었다.

비행기가 도착하고 출입구로 나와 마중 나온 이—내가 하는 일이 성공했는지 확인할 감시자—를 찾아 두리번거렸다.

날 먼저 발견했는지 손을 흔들고 있는 사내가 눈에 띄었다.

이미 한 번 만난 적이 있는 그 사내를 본 순간 어떻게 대할지 잠깐 고민을 했다. 하지만 피해자는 나였기에 다가가 인사를 했다.

"오랜만이군요, 제갈호 씨."

"하하하! 그때 선물은 잘 받았네."

오른쪽 눈에서 귀까지 크게 난 화상 자국을 보여주며 호탕하게 웃는 제갈호다.

그를 꼼꼼히 살펴봤지만 딱히 적의는 없어 보였다.

하긴 적의를 가지려면 내가 가져야 정상이니까.

"얼굴이 바뀌었는데 단번에 알아보셨네요?"

"그야 생사를 다툰 사이었으니까. 자네의 눈빛이나 작은 동작까지 모조리 기억하고 있다네. 하하하!"

"저 역시 기억하고 있습니다."

난 심장 부근을 손가락으로 찌르며 말했다.

"하하핫! 그랬던 것치곤 너무 멀쩡하구만. 여기서 이럴 게 아니라 자리를 옮기지."

공항을 나가 제갈호가 타고 온 차에 오르자 차는 빠르게 시내로 향한다.

"심장에 총을 맞고 어떻게 살았나? 방탄복을 입은 것 같진 않았는데."

"이거 덕분이죠."

난 여전히 가슴속에 보관하고 있던—편다고 폈지만 꽤나

찌그러져 있는— 하트 모양의 티타늄을 꺼내 보여줬다.

“쩝! 운이 좋았군.”

“부정은 못 하겠군요.”

“나 역시 운이 좋았지. 하하하! 한데 그런 의미에서 복수전 한판 하는 것 어떤가?”

“조카분의 호승심이 누굴 닮았나 했더니 삼촌을 닮은 모양이군요.”

“둘 다 집안에선 별종이지. 근데 화령이 말을 듣자 하니 그 애와 같은 수준이라던데… 사실인가?”

“아마도요.”

지금이라면 앞설 것이다.

숨겨둔 수도 있었고, 그 숨겨둔 수마저 이젠 어떻게 써야 하는지 제대로 알고 있으니 말이다.

“그 실력이 보고 싶군.”

대련을 하자고 할 때의 제갈화령과 똑같은 표정이다.

“조카분에게 했던 말과 같은 말을 해야겠네요. 일이 끝난 후에 하기로 하죠.”

제갈호와 다시 붙게 된다면 오 분도 되지 않아 이길 자신이 있었다. 그리고 오전 11시도 안 되었기에 대련을 할 시간은 충분했다.

하지만 오늘 밤을 위해 칼날처럼 날카로운 감각을 유지하고 있었기에 대련을 한다면 그가 다치거나 죽게 될 가능성이 높았기에 거절을 한 것이다.

"오~케이! 네 성공을 빌어야 할 이유가 한 가지 더 생겼군."

제갈호는 뭐가 그리 좋은지 콧노래를 하며 속도를 높이기 시작했다.

"이곳에서 머물면 될 거야."

제갈호가 안내한 곳은 글자가 지워져 알아보기 힘든 간판이 걸려 있고 당장에라도 무너질 듯 벽에 금이 간 여관이었다.

섬에서 생활한 적이 있어 굳이 장소를 따지지는 않았지만 뛰어난 후각 때문에 퀴퀴한 냄새만은 적응이 되지 않았다.

"CCTV가 없고 회의가 있을 장소와 가까운 곳이라 잡았어. 일이 끝난 후에 접선하기도 편하고 말이지."

내가 인상을 쓰고 있어서 그런지 한마디 더 붙이는 제갈호였다.

카운터에 앉아 멍한 눈빛으로 어딘가를 보고 있는 노인을 지나 3층으로 올라갔다.

"여기 이 방이네."

안은 괜찮지 않을까라는 기대는 산산이 부서졌다.

방은 넓었지만 언제 빨았는지 모를 이불이 깔린 침대는 차마 앉기조차 겁이 났다.

다행인 점은 후각이 금세 마비가 되었는지 냄새는 더 이상 날 괴롭히지 못했다는 것이다.

제갈호도 나와 비슷한 생각이었는지 등받이 없는 나무 의자에 앉으며 말을 꺼냈다.

"참, 화령이가 이 말을 전하라고 하더군. 언문기는 굳이 살릴 필요가 없다고."

"현무단을 장악할 다른 수단이 생겼나 보군요?"

"그렇지."

"저야 더 좋습니다. 살리기 위해 힘 조절을 할 필요가 없으니까요."

"하긴……."

실력이 어느 정도인지, 얼마나 많은 사람들을 상대해야 할지 모르는 상황에서 누군가를 신경 쓴다는 건 나로서는 스트레스 받는 일이었다.

"근데 장로님들… 아니, 장로들을 처리할 수 있겠냐?"

"글쎄요?"

"나라도 도움을 주고 싶긴 한데……."

"말씀만이라도 고맙습니다. 일단 해보는 데까진 해봐야죠."

제갈호는 감시자지 나를 도울 사람은 아니었다.

"전 오늘 도울 사람들을 만나러 가야 하니 이만 일어나겠습니다."

"언제쯤 다시 올 건가?"

"일이 끝난 후에 오죠."

본래 계획은 도울 사람을 만난 후 잠깐 쉴 생각이었지만 이 여관에서 쉬면 오히려 컨디션만 나빠질 것 같았다.

"에잉! 나도 마작이나 하고 있어야겠다."

제갈호도 자신이 잡은 여관이 마음에 들지 않는 모양이었다.

그와 나는 여관에 들어온 지 얼마 되지 않아 바로 밖으로 나왔다.

제갈호와 헤어진 나는 택시를 타고 약속 장소인 북경 시내의 패스트푸드점으로 향했다.

점심시간이라 그런지 패스트푸드점 안에는 입구부터 사람들로 가득했다.

간단히 햄버거 세트를 주문한 후 쟁반에 받아 들고 4층으로 올라갔다.

빈자리가 보이지 않았지만 모자를 쓴 채 홀로 책을 읽고 있는 사내 곁으로 갔다.

"자리가 없어서 그러는데 같이 합석해도 될까요?"

"…물론이죠."

사내는 읽고 있는 책을 덮었고, 이미 쓰레기뿐인 쟁반을 자신의 앞으로 당겨 내가 쟁반을 놓을 공간을 만들어준다.

자리에 앉은 나는 햄버거를 까며 영어로 그에게 물었다.

"준비는?"

"끝났습니다."

"수하들은?"

"저택이 보이는 곳에 모두 자리하고 있습니다."

천외천의 수뇌부들을 잡을 때 날 도와줄 이들은 북한 특수부대 출신의 저격병들이었다.

근거리에서는 도움은커녕 짐만 될 가능성이 백 퍼센트였기에 아예 원거리에서 돕도록 한 것이다.

"고생했어, 자."

난 들고 있던 손지갑을 테이블 밑으로 건넸다.

사내는 여권과 돈이 든 지갑을 받으면서 작은 약병과 이어폰을 내 손에 쥐어준다.

"내일 아침 비행기를 타고 한국으로 가면 돼. 약간의 문제가 생겨 봉구 형은 나오지 못하겠지만 너희들을 기다리는 사람이 나와 있을 거야."

"대장님에게 무슨 일이 있습니까?"

이들은 나보다 봉구 형을 대장으로 부르며 믿고 따르는 이들이었다. 그러나 물주가 나라는 사실은 잘 알고 있었다.

"별일 아냐."

"알겠습니다. 그리고 그 병에 있는 약품을 옷에 바르면 저희가 확인할 수 있고 이어폰으로 저희에게 명령하시면 됩니다."

어느새 햄버거를 다 먹은 난 그의 말에 고개를 끄덕이고 일어났다.

이미 상하이에서 자세한 얘기는 나눴기에 긴 얘기는 필요 없었다.

패스트푸드점을 나오니 뜨거운 태양빛에 절로 인상이 꾸겨진다.

"지독히도 덥군."

마치 섬에서의 더위를 연상시키는 날씨다.

알래스카와 같은 추운 지방에 가서 살까라는 생각을 하며 택시에 다시 올랐다.

* * *

천외천 십 장로 회의가 열리는 시간은 9시.

제갈무량은 육장로 당철표와 함께 핑계를 대고 9시 30분경 회의에 참석할 예정이다.

고로 난 최대한 9시 25분까지 모든 일을 마치고 저택을 떠나야 한다.

'8시 15분.'

저택에서 십 분가량 떨어진 곳에서 차를 마시던 난 계산을 하고 일어나 목적지를 향해 걸었다.

저택이 보이는 골목에서 입고 있던 옷을 벗고 무광택의 검은색 타이즈로 갈아입었다.

꽉 죄는 것이 꽤나 민망한 옷이었으나 침투 계획을 완성하기 위해선 어쩔 수가 없었다.

귀에 이어폰을 꽂고 역시나 검은색 두건을 썼다.

"아아! 잘 들리나?"

—예! 잘 들립니다.

마이크 테스트 완료.

이번엔 작은 병을 따 진득한 액체를 손가락에 따른 후 두건 위, 몸통, 양팔, 양다리에 발랐다.

멀리 있는 저격수들이 날 보면 흡사 '졸라맨' 처럼 보일 것이다.

"저택의 정문에서 우측 두 번째 골목길을 확인하라."

—…확인했습니다.

"지금부터 침투하겠다."

—알겠습니다.

저격 팀장의 말이 끝나자마자 저택을 향해 뛰었다. 그리고 삼 미터가 넘어 보이는 담장이 보이자 최대한 발걸음을 가볍게 하고 다가갔다.

—여섯 시 방향에서 경비원 두 명 접근 중.

벽의 어둠에서 경비원이 지나가길 기다린다.

—지금입니다!

신호와 함께 기운을 다리 쪽으로 보내 벽을 밟고 올라간다. 그리고 세 번째 밟은 발에 더욱 강한 기운을 집중해 담장보다 훨씬 높게 몸을 공중으로 띄웠다.

담보다 이 미터 이상 높게 뛰었는데, 첨단 경비 시스템을 피하고자 그리한 것이다.

공중에서 안착할 곳을 확인한 나는 바닥에 내려서자마자 온몸의 기척을 지웠다.

이제부터가 중요했다.

내가 타인의 기운을 감지하듯이 천외천의 인물 또한 감지할 수 있을 터. 어떤 기운도 쓰지 않고 회의 장소까지 다가가야 했다.

—건물 C까지 직진.

—열두 시 방향으로 오 미터 전진.

—경비원 지나갑니다. 잠시 대기.

저택은 주변 오백 미터 내에 고층 빌딩이 없었다. 그러나 그 거리를 벗어나면 저택을 아래로 볼 수 있는 빌딩들이 사방으로 수두룩했다.

그 빌딩들에 올라가 저택 전부를 감시하고 있는 저격수들의 안내를 받으니 목표 건물까진 너무나 쉽게 접근할 수 있었다.

찌릿!

막 목표 건물에 다가가는 순간, 섬뜩한 느낌을 받고 조경수 뒤쪽으로 숨었다.

현재 내가 가는 길에 아무도 없다고 했지만 내 느낌엔 뭔가가 있는 기분이었다.

섬에서 가진 게 없을 때에도 살아남을 수 있었던 이유 중 하나가 이런 말로 설명되지 않는 부분이었다.

―지금 가셔도 됩니다.

재촉하는 말이 들렸지만 난 움직이지 않았다.

그리고 손짓으로 내가 가리키는 방향을 살펴보라고 신호를 보냈다.

물론 사전 약속은 없는 손짓이었다.

다행히도 저격 팀장은 영국에 유학을 다녀왔을 만큼 엘리트였다.

그는 내 행동에 의아함을 느꼈는지 샅샅이 살피기를 명령했고 곧 한 명의 대원이 작은 목소리로 소리쳤다.

―처마 부근에 감시자가 있습니다!

눈으로 기운을 돌린다면 쉬웠다. 그러나 지금은 그럴 수 없는 상황. 최대한 눈에 집중해 처마 부근을 바라본다.

'저기 있군.'

보였다. 나처럼 완전히 기척을 지운 검은 그림자가 처마 위 공간에 숨어 있었다.

제갈무량과 계획을 짤 때 저런 사람이 있다는 건 듣지 못했다.

그도 모르는 인원이 있다는 소리.

잠시 고민을 해보지만 길지는 않았다.

하필이면 내가 움직여야 하는 동선에 위치하고 있었지만 제거하고 넘어가면 그뿐이었다.

"비(B)"

저택으로 들어와 처음으로 입을 열었다.

내 귀에도 잘 들리지 않을 만큼 작은 소리였지만 마이크 성능이 좋은지 저격 팀장의 대답이 들려온다.

계획이 진행되기 전 약간의 틈이 있었기에 바닥에 있는 돌 중 쓸 만한 것을 몇 개 골랐다.

저격을 하면 편하겠지만 총알이 뚫고 지나간 다음 흘러내릴 피 냄새를 눈치채지 못할 사람이 드문 곳이 이곳이었다.

슈우우우우~ 펑! 슈우우우우~ 펑! 휘이익~ 펑!

플랜 비(B)가 시작됐다.

저택에서 오백 미터나 떨어진 빌딩 숲에서 이루어지는 불꽃놀이였지만 그 빛은 어둠에 숨어 있던 내 몸을 보이게 만든다.

물론 내 몸이 얼핏얼핏 보인다는 건 처마 밑에 숨어 있는 자 또한 보인다는 것.

또한 긴장하며 저택을 감시하는 자들의 시선이 자연 하늘로 향할 터였다.

단전의 기운을 약간 풀었다. 그리고 돌을 손가락에 끼우고 튕겼다.

핑! 핑! 핑!

작은 돌들이 어둠을 뚫고 나른다.

퍼억! 푹! 푹!

첫 번째 돌이 놈의 이마에 박히고 뚫린 구멍을 뒤이어 간 돌들이 막는다.

완벽하게 막았으리라 생각하지는 않지만 내가 침투를 해 장로들을 칠 때까지는 안전하리라.

불꽃놀이는 짧았다. 내 몸마저 비치게 만들 것을 뻔히 아는데 오랫동안 할 생각은 추호도 없었다.

돌을 날림과 동시에 다시 기운을 갈무리하고 처마 밑까지 몸을 움직였다.

—목표 지점까지 아무도 없습니다!

이런 재수가.

불꽃과 함께 사라진 돈이 전혀 아깝지 않은 좋은 소식이다.

최대한 은밀하고 빠르게 목표 지점으로 향했다.

저택은 크게 세 개의 고건물로 되어 있었다.

다섯 시와 여덟 시 방향에 경비원들과 피고용자의 건물이 있었고 그 사이에 목표 지점인 옛 건물이 위치하고 있었다.

옛 건물—여러 채가 모여 있으니 건물들이라는 표현이 더 맞을 것이다—은 그 자체만으로도 저택이라고 불릴 만큼 크고 웅장했는데 다닥다닥 붙어 있는 여러 건물들의 처마에 가려 안을 볼 수가 없는 구조였다.

그래서 이제부터의 침입은 지금과는 전혀 다른 방법으로

이루어질 것이다.

살짝 디근 자로 된 일차 목표 지점에 도착한 나는 바닥을 팠다.

그러자 제갈무량이 숨겨둔 비닐봉지가 보였다.

두건과 옷을 벗고 비닐봉지 안에 든 하얀색 옷을 입었다.

—경비가 그쪽으로 향합니다. 거리 이십 미터.

충분한 시간이다.

내가 입었던 검은색 쫄쫄이를 비닐봉지에 넣고 바닥을 고른 후 바로 담을 타고 지붕 위로 올라갔다.

그리고 바닥에 납작 엎드렸다.

내가 지금 엎드리고 있는 지붕을 제외하곤 역시 방범 장치가 되어 있었다.

제갈무량이 방범 장치 전부를 없애줬으면 편했겠지만 그래선 그가 범인이라고 자백하는 꼴밖에 되지 않았다.

다가오던 경비원이 지나가고 지붕의 이곳저곳을 가볍게 두드렸다.

틱! 틱! 틱! 틱! 통! 통!

맑은 소리를 내는 기왓장을 들어 올리자 쉽게 빠졌다. 네 장쯤 걷어내자 내가 들어가기엔 충분했다.

들어온 곳은 소금 따위가 보관된 창고였다.

일단 이곳을 벗어나기 전 해야 할 일이 한 가지 있었다.

호주머니에 손을 넣자 제갈무량에게 부탁했던 대로 핸드

폰이 들어 있었다.

번호를 누르자 신호가 갔고 잠시 후 디오네의 목소리가 들렸다.

—응, 말해.

"남궁린과 같이 있어요?"

—응.

그와 있다면 긴 얘기는 곤란할 터.

난 전화 건 목적을 바로 얘기했다.

"거의 다 왔어요. 계획대로 진행해 주세요."

—알았어. …몸조심해.

"디오네도요. 일이 끝나면 바로 회사로 갈게요. 기다리고 있어요."

—그래.

전화를 끊고 가볍게 힘을 줘 핸드폰을 부순 후, 지붕을 원래대로 만들고 비닐봉지를 대충 숨긴 후 적당한 부대를 하나 들고 창고를 빠져나왔다.

이제 반은 왔다. 지금부터 진짜 조심해야 했다.

조금 더 걷자 귀에 이어폰을 낀 검은색 양복을 입은 사내가 앞에서 다가온다.

'아, 이어폰!'

이어폰을 재빨리 빼 호주머니에 넣고 태연한 걸음을 걷는다.

요리사 복장을 하고 있어서인지 경비는 별다른 의심 없이 나를 지나쳤고, 난 부대를 들고 제갈무량이 가르쳐 준 건물의 구조를 기억하며 주방 쪽으로 향했다.

주방은 고택답게 오래되고 음식을 볶는 열기로 가득하리라는 생각과 달리 각종 스테인리스 제품들로 깔끔했고 요리사들은 한가하게 음식을 나눠 먹으며 얘기를 나누고 있었다.

그러다 보니 내가 주방으로 들어가자 모든 시선이 나에게로 향한다.

"어라? 너 누구냐?"

삼십 대 초반 정도 되어 보이는 사내가 의아한 표정으로 묻는다.

"저, 저는……."

말을 더듬으며 시간을 끈다. 분명 이 주방에 날 도울 사람이 있다고 했는데 나서는 사람이 없다.

침묵의 시간이 길어지자 요리사 전체의 얼굴이 점점 굳어졌고 금세라도 소리치거나 요리 칼을 들고 달려들 기세다.

그때 민머리의 사내가 바지춤을 만지며 맞은편 문에서 나오며 분위기는 반전됐다.

"아룡, 이제야 왔군. 내가 시켰던 창고 정리는 마쳤겠지?"

그가 날 도울 자라는 걸 알았기에 즉각 대답을 했다.

"네네!"

"막내 놈이 아파서 못 나온다고 해서 대신 구한 녀석이니까 적당히 부려먹어."

"역시 주방장님이셔. 어이, 아룡이랬나? 이쪽으로 와. 요기나 하라고."

의심의 눈초리는 가셨고 같은 주방 식구라고 생각해서인지 말투도 친절하게 바뀌었다.

그들 곁으로 가 접시에 담긴 음식을 주워 먹으며 그들이 수다 떠는 소리를 들었다.

시답지 않은 여자 얘기였지만 뭐가 그리 즐거운지 다들 킬킬거렸다. 물론 나도 적당히 맞춰주긴 했지만 말이다.

현재 시간, 8시 48분.

이젠 장로들이 있는 곳으로 가야 했다.

민머리 사내를 흘낏 보자 그도 내 마음을 읽었는지 갑자기 큰 소리로 주목을 끌었다.

"어이쿠야! 어르신들 차를 갖다 줘야 될 시간이군. 오늘은 누가 갖다 줄래?"

"전 지난번에 했습니다."

"오늘 영 컨디션이… 혹여 실수라도 하면 주방장님께 피해가 갈까 두렵습니다."

"전 다리가……."

핑계도 각양각색. 나와 주방장을 제외하곤 다들 한마디씩 하는 걸 잊지 않는다.

하긴 상전 모시는 걸 누가 좋아하겠는가?

"젭! 어쩔 수 없군. 아룡이가 가라."

"그래! 니가 가라. 그냥 들어가서 어르신들께 차 한 잔씩 따라 드리면 되는 일이니까 어렵게 생각하지 말고."

"그럼, 그럼!"

그렇게 쉬우면 댁들이 할 것이지.

누군가가 간다고 했어도 내가 간다고 말할 상황이었지만 이들의 태도가 꽤나 우습게 느껴졌다.

"제가 다녀오겠습니다."

결정은 났고 주전자와 여러 개의 찻잔을 카트에 실었다.

"이건 지나는 길에 있는 경호원들에게 전해주면 된다."

빵과 음료수였는데 경호원들의 간식인 모양이다.

드르르르륵!

카트를 밀며 회의 장소로 가는 길은 너무나도 편안해서 긴장하고 있던 것이 미안할 정도였다.

빵과 음료수를 받기 위해 경호원들이 모였지만 나를 신경 쓰지는 않았다.

다만 경호원들의 수가 생각보다 훨씬 많다는 것이 앞으로의 싸움에 꽤나 걸림돌이 될 것 같았다.

'삼십 미터.'

회의실이 가까워지자 경호원들의 숫자는 많이 줄어들었고 긴 복도에는 오직 카트 굴러가는 소리만 들린다.

회의실 앞을 지키고 있는 두 사람은 내가 보이자 날 경계하는 듯했지만 그저 차를 가지고 왔다고 생각해서인지 경계가 느슨해졌다.

그렇다고 두 사람이 자신의 할 일을 잊은 것은 아니었다.

더 이상 다가오지 말라는 듯 손을 들었고 난 카트를 세우고 문에서 삼 미터 정도 떨어져 멈춰 섰다.

“차를 가져왔습니다.”

경호원 중 한 명이 안을 향해 소리쳤고 잠시 후 들어오라는 소리가 들렸다.

심장박동이 빨라진다. 물론 심장박동이 빨라진다고 해서 나쁜 것은 없었다.

적당한 빠르기의 피의 흐름은 더 강한 힘을 만들고 더 빠른 몸놀림을 만들어주기 때문이다.

두 사람이 문을 열었다.

그리고 드디어 천외천의 장로들이 눈에 보였다.

# 6장

남궁상현

테이블의 중심에 앉은 남궁상현은 의견을 나눈다며 시끄럽게 떠드는 장로들을 물끄러미 바라보고 있었다.

'쯧, 명줄 긴 노인네들.'

경멸하듯 속으로 중얼거렸지만 겉으로 나타낼 만큼 그의 연륜이 낮지는 않았다.

그의 얼굴은 언제나처럼 미소 띤 얼굴을 하고 있었다.

"회의 시작 시간까지 얼마 남지 않았는데 사장로와 육장로는 왜 아직 오지 않는 겁니까?"

"그러게 말입니다. 요즘 사장로가 이곳저곳에 간섭이 심하다는 소문이 들립니다."

"저도 그 소문 들었습니다."

오장로 황보문이 불편한 심기를 드러내며 외치자 이장로의 세력 사람들이 동조를 한다.

남궁상현은 그들이 왜 그런지를 잘 알고 있었기에 너털웃음을 지으며 말했다.

"허허허! 아직 회의 시작까지 십오 분 남았으니 천천히 기다려 봅시다."

"허엄! 문주께서 그렇게 말씀하신다면야……."

슬쩍 눈치를 보곤 입을 다무는 황보문.

새로운 문주가 결정되기 전의 그라면 순순히 물러서지 않았을 것이다.

물론 실제로 선출되기 전까지 한 달 정도 남았지만 제갈무량과 당철표가 일주일 전, 남궁린을 지지한다고 표명함으로써 황보유천을 밀던 장로들의 기세가 완전히 꺾이게 되었다.

"이해해 줘서 고맙소, 오장로."

겉으로는 담담하게 말하고 있었지만 남궁상현은 속으론 무척이나 즐거웠다.

황보 가문의 사람들이 지금처럼 쩔쩔 맬 수밖에 없는 이유는 천외천의 규칙에 있었다.

새로운 문주와 함께 천외천을 이끌어 갈 사람—지금의 십장로처럼—들은 일단 각 가문당 한 명이 배정된다. 그 외에는 오로지 문주가 지정하는 방식이다.

남궁가, 황보가, 제갈가, 당가, 언가, 팽가.

이렇게 여섯 가문이 천외천을 이끌고 있었는데 다섯 가문에게 한 자리씩 주고나면 공석인 네 자리를 문주 사람으로 채울 수가 있었다.

물론 완벽하게 자신의 사람들로만 지정한다면 반발이 거세지고 천외천이 흔들릴 가능성이 높았다.

이 때문에 네 자리 중 두 자리는 회의를 통해 배분하게 되는데 그 때문에 각 가문은 치열하게 남궁상현의 눈치를 보고 있는 것이다.

흐뭇한 생각에 빠져 있던 남궁상현을 깨운 건 그를 곁에서 지키는 창천대의 한 명이었다.

"사장로님의 전화입니다."

전화를 건네 받은 남궁상현은 점잖은 목소리로 말했다.

"제갈 장로, 지금 도착했소이까?"

—아직 십 분 거리에 있습니다.

"아직도요?"

—조금 전 사거리에서 마주 오던 택시와 충돌을 해 조금 늦을 것 같습니다.

전화기 너머로 사이렌 소리와 웅성거리는 소리가 꽤 시끄럽게 들리고 있었다.

"허허. 어디 다친 데는 없습니까?"

—전 괜찮지만 당 장로가 좀 충격을 받은 모양입니다.

초인에 가까운 당철표가 충격을 받을 정도라면 큰 사고였다.

"저런!"

—충돌할 때 앞좌석에 머리를 심하게 부딪쳐서 많이 어지러워하고 있습니다. 그래서 잠시 상태를 지켜본 후 회의에 참석해야 할 것 같습니다.

"몸이 우선이지요. 해결되면 천천히 오시고, 정 힘들다 싶으면 회의야 내일로 연기를 하면 되는 일이니 걱정은 마시오, 제갈 장로."

—그리 말씀해 주시니 고맙습니다. 다른 장로들에게도 말씀 잘해주시길 부탁드립니다.

"이를 말입니까."

전화를 끊은 남궁상현은 통화 내용을 다른 장로들에게 말해주기 전 통화 중 머릿속에 떠오른 생각을 정리한다.

떠오른 것은 세 가지였다.

배신, 혹은 보복, 그리고 기우.

배신은 남궁린에 대한 지지를 철회하는 것인데 가능성은 희박했다.

회의가 잡히기 전이라면 모를까, 오늘 철회를 한다고 하면 받아들여질 수는 있지만 현재의 장로 자리를 내놓아야 한다는 문제가 있었다.

욕심 많고 다음 문주를 자신의 손녀에게 넘기려는 늙은이가 그런 모험을 할 가능성은 거의 없었다.

현재 가장 의심이 되는 부분은 황보 가문의 보복.

두 장로가 죽는다면 오늘 회의는 무산되는 것은 물론이거니와 다음 달에 있을 문주 선출도 무산이 된다.

그리고 제갈가와 당가에서 임시 장로를 뽑고 다시 문주 선출을 위한 투표를 해야 한다는 점에서 황보 가문이 노렸을 수도 있었다.

그러나 황보충의 얼굴을 흘낏 바라본 남궁상현은 보복이라는 생각을 지울 수밖에 없었다.

머리 쓰는 것보다 힘을 과시하기 좋아하는 그답게 포기도 빨랐는데 이미 결과에 승복한 듯한 표정으로 앉아 있었기 때문이다.

'기우인가……?'

기우라고 결론을 냈지만 못내 찝찝한 감정이 남았다.

"방금 사장로에게서 전화가 왔는데 교통사고가 나서 좀 늦게 도착할 예정이랍니다."

"쯧쯧, 미리미리 서두를 것이지."

"그러게 말입니다. 하는 일도 없으면서 바쁜 척이라니 보기에 좋지 않습니다."

때리는 시어머니보다 말리는 시누이가 더 밉다고 했던가.

이번 문주 선출에 가장 미움을 받게 된 가문은 남궁가가 아니라 제갈가였다.

제갈화령을 이용해 남궁가에 붙은 그를 좋아하는 이들은 이곳에 모인 장로들 중 한 명도 없었다.

"그나저나, 문주."

오늘 이곳에 도착한 후 한 마디도 하지 않던 황보충이 비로소 입을 열었다.

"말씀하시죠, 이장로."

"우리가 너무 서두르는 게 아닐까요?"

앞을 싹뚝 잘라먹고 한 얘기였지만 남궁상현은 그가 한 말의 의미를 너무나도 잘 알고 있었다.

이미 몇 번이고 나왔던 얘기였기에 다시 주제로 꺼낸다는 게 우습긴 했지만 지금은 승자의 아량을 보여줄 때라고 생각해 부드럽게 말을 꺼냈다.

"그 아이들의 나이를 생각한다면 아직 우리 천외천의 수장 자리를 맡기엔 어리지요. 하지만 이젠 우리 나이를 생각해야 하지 않겠소?"

현 장로회는 개인별 나이 차이는 있지만 평균 연령 80세가 넘어가는 노땅들의 모임이었다.

또한 원래 장로회가 아닌 천회(天會)라는 단체가 천외천을 이끌어가는 단체였다.

물론 이번 자신의 손자가 문주에 오르면 장로회는 원래 이름대로 장로회로 남을 것이고 실제 권력은 천회로 넘어갈 것이다.

"하지만 과연 나이 많은 문원들이 그들의 명령을 잘 따라 줄지……."

"허허. 그야 우리들이 한동안 제어해 주면 되지 않겠소이까? 전 세대… 아니, 말이 헛나갔소. 어쨌든 우리는 장로회에서조차 물러날 나이임을 말하고 싶소."

"……."

전 세대, 그러니까 남궁린, 황보유천, 제갈화령의 아버지 세대에 대한 얘기는 암묵적으로 금지였다.

남궁상현이 자신의 실수를 깨닫고 사과를 했지만 황보충의 눈은 어느새 아련한 과거를 보는 듯 보였다.

'하아! 생각 없이 말을 하다니, 나도 늙었나 보군.'

사십여 년 전 일어난 혈사에서 얻은 것도 많았지만 잃은 것도 많았다.

특히 잃은 것 중에 차기 가문을 이끌 후계자들이 그들의 독수에 당해 폐인이 된 것이 가장 뼈아픈 일이었다.

단전이 깨진 것은 물론이거니와 척추 뼈가 산산이 부서져 죽을 때까지 병원 침대를 벗어나지 못하게 되었었다.

의학이 발달된 미국으로 데려갔지만 치료 불가능 판정을 받고 그들은 절망해야 했다.

시간이 지나자 아픔은 서서히 가슴속에 묻을 수 있었지만 천외천을 이어줄 후손을 얻어야 하는 그들로서는 점점 죽어가는 자식들에게 다시 한 번 못쓸 짓을 하게 되었다.

정자를 꺼내 인공수정을 하고 대리모의 몸에서 후손을 키우기로 한 것이다.

수많은 돈과 노력 끝에 태어난 이들은 단 세 명.

남궁린, 황보유천, 제갈화령이었다.

남궁상현은 이제는 잊고 싶은, 죽기 직전 자신을 원망하는 듯했던 아들의 눈빛이 떠오르자 눈을 감았다.

'미안하구나. 우리 가문을 위해 어쩔 수 없는 일이었다. 용서하려무나.'

남궁상현 또한 황보충과 마찬가지로 사십여 년 전 그때를 떠올렸다.

천외천은 열여섯 개 가문으로 이루어진 거대 문파였다.

처음엔 실전된 가문의 비전을 보완하여 후손에게 전하자는 목적으로 모인 단체였다.

하지만 힘을 가지면 쓰고 싶은 건 당연지사.

그 힘은 자연스럽게 밤의 세계로 흘러들어 갔다.

열여섯 개 가문으로 이루어진 천외천은 강력했다. 짧은 시간 내에 힘이 곧 법인 밤의 세계를 암중 좌지우지했고 그 힘을 이용해 정치계, 경제계로 발을 뻗었다.

권력, 금력, 무력.

이 세 가지를 모두 가지게 되자 명예직이었던 천외천의 문주직의 영향력은 엄청나게 커졌다. 그리고 문주직을 차지하고자 하는 각 가문의 욕심 때문에 오랜 기간 동안 이어져 오던 연계가 점차 깨지기 시작했다.

시간이 좀 더 지나자 천외천의 열여섯 개의 가문은 천외천의 본래 목적대로 각 가문의 비전을 연구해 무력을 키우고자 하는 십대 가문과 일반인보다 이미 월등이 앞서는 무술 대신 현실에 더 적극적으로 개입하자는 육대 가문으로 나뉘어졌다.

둘의 대립은 시간이 갈수록 커져갔다.

십대 가문은 육대 가문을 돈만 안다고 욕했고, 육대 가문은 자신들이 희생해서 번 돈을 쓸 줄만 안다고 욕했다.

결국 오 년마다 뽑는 문주 선출 과정에서 문제가 생겼다.

과거부터 다수결로 문주를 선출하다 보니 육대 가문 사람들은 단 한 번도 문주에 선출되지 못했고, 이에 새로운 투표 방식을 제안했지만 그 역시 다수결에 붙여져 통과하지 못했다.

그렇게 쌓이고 쌓이던 감정들은 마침내 남궁상현이 육대 가문 대표로 문주 후보로 나갔을 때 절정에 이르렀다. 청룡단을 이끌며 천외천의 부를 두 배 이상 늘리는 성과를 보인 그와 달리 평생 무술만 연마한 십대 가문의 후보에게 불과 네 표 차이로 지게 된 것이다.

하지만 남궁상현은 웃는 얼굴로 승자에게 축하를 보냈다.

그런 그를 보고 육대 가문 사람들 중 남궁가를 제외하곤 쓸개도 없는 놈이라 욕했고, 십대 가문 사람들은 대인의 풍모라고 비웃었다. 하지만 그가 어떤 생각을 하고 있는지 그 당시에는 아무도 몰랐다.

가문으로 돌아온 그는 비밀스런 계획을 준비했다.

그리고 문주 취임식 날, 혈사는 시작됐다.

무술만 파고들던 십대 가문은 강했다.

당가의 독에 당했음에도 육대 가문에 많은 피해를 입혔고 섬까지 도망간 것이다.

하지만 결국 십대 가문을 쫓아내고 천외천 문주 자리에 앉게 된 건 남궁상현이었다.

그는 눈을 떴다.

그리고 세월의 힘을 이기지 못하고 쭈글쭈글해진 자신의 손을 바라본다.

다른 곳은 다 세월이 들었지만 손 마디마디마다 있는 상처 자국은 여전히 문주 선출에서 떨어졌던 날을 기억하게 해준다.

그날 남궁가로 돌아온 그는 손이 부서져라 눈에 보이는 것들을 부수었고 마지막엔 결국 그의 바람대로 손이 부서졌다.

겨울이 가까워지면 손이 떨릴 정도로 아파왔지만 지금까지 그날을 후회해 본 적은 없었다.

남궁상현은 그날 이후로 꽉 쥐어지지 않는 손을 쥐어보며 속으로 중얼거렸다.

'그날 세운 계획이 곧 마무리가 되겠군. 허허허허…….'

"허허허허! 허하하하하하하하!"

속으로 시작한 웃음이 밖으로 튀어나왔다.

하지만 그는 개의치 않고 더욱 큰 소리로 웃었다.

뚝!

미친 듯이 웃던 그는 갑자기 웃음을 멈췄다.

장로들을 둘러보자 모두 의아한 표정과 함께 인상을 쓰고 있었고 남궁상현은 본래의 모습으로 돌아와 정중히 사과했다.

"미안하오. 과거를 생각하니 가슴이 막혀 억지로라도 웃지 않으면 가슴이 터질 것 같아 실례를 범했소이다."

"그, 그럴 수 있지요. 허허."

"저도 그 기분 누구보다도 잘 압니다. 잘하셨습니다."

장로들은 이해한다고 말했지만 표정만은 떨떠름했다. 그만큼 남궁상현의 웃음은 기분을 상하게 하는 뭔가가 있었다.

약간 어색해진 분위기.

"차를 가져왔습니다."

그때 그러한 분위기를 깨며 문밖에서 소리가 들렸다.

남궁상현은 잘됐다 싶어 헛기침을 하며 말했다.

"흐음! 들여라."

문이 열리고 카트를 끌고 요리사가 들어왔다.

"그쪽부터 드려라."

"…예."

요리사가 들어오자 방 안은 더욱 조용해졌다.

달그락거리는 찻잔을 놓는 소리와 차를 따르는 소리가 크게 들릴 정도였다.

'응?'

묘한 괴리감이 느껴진 남궁상현은 차를 따르고 있는 요리사를 자세히 보았다.

처음 보는 요리사라는 건 둘째치고라도 군더더기 없는 깔끔한 동작이지만 차를 따르기에 최적화된 동작이 아니었다.

그리고 다음 사람의 찻잔을 놓기 위해 움직이는 발놀림을 보자마자 머릿속에서 엄청난 경고음이 들려왔다.

'살수!'

막 소리치려고 입을 열려는 순간,

"……!"

씨익!

찻잔을 테이블에 놓던 요리사 복장의 젊은 사내가 자신을 보며 잔인한 미소를 내보였다.

"피해!"

남궁상현이 외치는 순간 폭발적인 기운이 젊은 사내에게서 뻗어 나왔고 놈의 상체가 흐릿해지며 반대편으로 돌아갔다.

그리고 곧 십장로와 팔장로의 머리가 힘없이 떨어져 내

렸다.

*　　*　　*

두근거리던 심장이 문 안으로 들어서자 마치 아무 일 없다는 듯 평소처럼 뛰기 시작한다.

무슨 얘기를 하고 있었는지 약간은 어색한 분위기. 오히려 나에겐 더할 나위 없이 좋은 상황이다.

테이블의 중앙에 앉아 있는 노인이 문주인 남궁상현일 터, 수장의 목부터 베어야 한다는 병법의 기본에 따라 그를 향해 카트를 옮기고자 했다.

"그쪽부터 드려라."

운 좋은 늙은이!

들어오면서 여덟 장로의 위치를 확인하는 순간 세워뒀던 동선이 날아가 버렸다.

하지만 상관없다.

한 발걸음이 끝나기 전 이미 새로운 동선을 짰으니까.

게다가 첫 수에 문주 한 사람의 목을 치는 것보다 나란히 붙어 있는 두 사람의 목을 치는 게 더 나을 수도 있었다.

현 위치에서 가장 가까운 장로 곁으로 갔다.

그리고 찻잔을 들어 올리는 순간 묘한 느낌과 함께 알 수 없는 감각이 활성화된다.

불현듯 다가온 이질적인 감각.

모든 기운을 폐쇄시켜 놓고 얼굴을 반쯤 내려 깐 상태라 두 세 명을 볼 수 있는 게 다였는데 갑자기 방 안의 모든 이들이 눈으로 보듯 느껴졌다.

내게 일어나는 증상에 대해 생각지 않아도 어떤 일이 벌어지고 있는지 알 수 있었다.

그토록 갈망하고 있던 '무엇'에 대한 실마리가 풀리고 있는 것이었다.

젠장! 하필이면 이때 나타나다니…….

성큼 다가온 깨달음.

자리에 앉아 지금의 상태를 유지한다면 분명 난 한 단계 더 높은 경지에 이르게 될 것임을 알았지만 그럴 수 없었다.

그리고 그런 생각을 하는 순간 다가왔던 깨달음은 다시 사라져 버린다.

아쉬웠다. 그러나 나쁘진 않았다.

깨달음에 대한 짧은 만남이었지만 현 상황에선 내공을 사용하지 않고도 여덟 명의 장로를 느낄 정도의 감각을 얻은 것만으로도 충분했다.

십장로 옆에 찻잔을 내려놓고 주전자의 차를 따라준 후 주전자를 찻잔 옆에 둔다.

그리고 팔장로인 언문기에게 다가갈 때였다.

남궁상현의 눈초리가 느껴졌다.

실수를 한 것일까?

찻잔을 놓으면서 그를 흘깃 봤다. 그는 무표정하게 바라보고 있었지만 눈빛만은 숨기지 못했다.

'쳇! 눈치를 챘군.'

아닌 척해 봐야 선공의 기회만 날리는 꼴.

언문기에게 내리던 찻잔의 받침 부분을 잡았다.

남궁상현이 막 입을 열려는 순간, 그를 향해 씨익 미소를 지어 보였다.

그리고 닫혀 있는 단전의 문을 열었다.

막혔던 둑이 무너지듯 단전에 갇혀 있던 기운들이 온몸을 휘돌았다.

"피해!"

남궁상현의 외침은 늦었다.

차받침이 이미 언문기와 십장로의 목을 지난 후였다.

"뭐, 뭐야!"

"……!"

상태를 파악한 장로들은 한마디씩 던졌지만 비현실적인 상황에 여전히 어리둥절해 하는 이가 있었다.

바로 앞의 칠장로.

카트에 있던 주전자를 그에게 던짐과 동시에 회의 탁자를 넘어 그의 심장을 노린다.

하지만 다른 장로들에 비해 느렸다는 거지 그가 아예 멍청히 있었던 건 아니다.

"놈!"

금세 눈치를 채고 먼저 날린 주전자를 향해 손을 휘저었다.

파악!

가벼운 손짓이었지만 자기로 된 주전자가 산산조각이 나기에 부족하지 않았다.

하지만 그 동작은 눈앞으로 뭔가가 다가오자 행한 본능적인 움직임이었다.

차라리 부드럽게 쳐냈다면 상황은 더 나았을 것이다.

뜨거운 차의 일부가 그의 얼굴에 튀었고 그의 눈이 일순간 감겼다.

으득! 푸욱!

내 왼손이 그의 가슴뼈를 으깨며 심장을 관통했다.

떡 본 김에 제사 지낸다고 그는 눈을 감은 김에 저세상으로 간 것이다.

"이놈!"

"감히!"

오랫동안 무술을 연마한 사람들답게 반응이 빨랐다.

칠장로의 심장을 뚫는 순간, 좌우에서 강맹한 공격이 쏟아져 내렸다.

이미 몸을 띄운 상태에서는 피하기 힘든 공격.

하지만 예측 범위 안이었다.

앞으로 나아가는 힘을 이용해 이미 숨진 칠장로의 품으로 뛰어들었다.

드르르르륵!

한국의 PC방에 가면 있는 바퀴 달린 등받이 의자가 뒤로 밀렸고 뒤이어 구장로와 오장로가 빈 허공을 때린다.

"하아아압~"

폭발적인 힘을 내기 위해 셋을 없앨 때까지 참고 있던 숨을 뱉었다.

그와 동시에 다시 구장로를 향해 빠르게 다가갔다.

반응은 빨랐지만 허무하게 죽은 세 장로를 바라보는 그는 여전히 패닉 상태.

내가 상상했던 대로 넷까지는 가능할 것 같았다.

구장로는 타원형의 테이블이 뒤를 막고 있어 뒷걸음도 치기 힘든 상황.

슈슈슈슈슉!

번개처럼 빠른 속도로 손을 놀린다.

타타타타탁!

"크윽!"

어느새 거리는 일 미터.

아무리 방어하는 쪽이 유리하다고 하지만 실력에서 떨어지는 그가 음영만 보일 정도로 빠른 나의 공격을 다 막기엔 부족했다.

한 번 주먹을 허용하자 그는 대책 없이 무너지기 시작한다.

'이러면 구장로까지 없……!'

"철권난무!"

내가 예상했던 것보다 더 느린 반응에 구장로까지 노릴 수 있겠다 싶은 순간 주변의 기운이 일그러질 만한 주먹이 수없이 날아온다.

이장로인 황보충이었다.

하지만 테이블을 날아 넘으며 펼치는 무공이었기에 자세를 낮추는 것만으로도 충분히 피할 수 있는 공격.

고개를 숙이고 몸을 말아 공격을 피한 뒤, 뒤에 있는 오른발로 기운을 돌려 바닥을 박찼다.

터엉! 으득! 콰지지지직!

구장로의 가슴에 몸통 박치기가 들어갔다.

엄청난 힘의 몸통 박치기에 가슴이 함몰되는 것은 당연했고 구장로의 몸이 테이블을 완전히 반으로 가르며 쓰러진다.

내가 생각해도 멋진 한 수. 그러나 폼을 잡고 있을 새가 없었다.

"악귀 같은 놈!"

내 옆으로 황보충의 주먹이 날아오고 있었다.

'피해야 한다!'

단순한 동작의 주먹이었지만 거력이 담겨 있었다. 난 고스트의 보법을 이용해 미끄러지듯 뒤로 물러났다.

파아앙!

"크으~"

아슬아슬하게 황보충의 주먹이 허공을 때렸다. 그러나 압축된 공기의 힘은 완전히 없앨 수 없어 얼굴이 살짝 찢어지는 피해는 입어야 했다.

설명은 길었지만 채 일 분도 되지 않는 시간.

네 명의 장로가 죽었고 회의실은 엉망진창이 되었다.

"……!"

황보충의 이어진 공격은 없었다.

다만 살아남은 네 명의 장로는 현실이 믿기 힘든지 쓰러진 장로들을 보며 씁쓸한 표정을 짓고 있었다.

그리고 싸늘한 분위기 속에 짧은 침묵이 이어진다.

침묵을 깬 건 문을 지키던 두 명의 경호원이었다.

"이, 이놈… 크륵……!"

"컥!"

상황을 파악하지 못하고 소란스러움에 문을 열고 들어오던 두 사람은 날 발견하고 덤벼들었다.

두 장로의 목을 베었던 받침을 쪼개 각각 목과 머리에 박아줬다.

"어린놈의 손속이 매섭구나. 누가 보낸 거지?"

황보충이 말을 걸어왔다.

목적—경호원들이 달려올 시간과 정신을 차리기 위한 시

간을 벌—이야 뻔했지만 모른 척 대답을 했다.

"덕분이야."

"무슨 말이지?"

"큭큭큭! 내 말을 못 알아듣는군. 이 매서운 손속을 만든 건 너희들이라고. 그래서 은혜를 갚기 위해 온 거야."

"우리가 만들었다고? 은혜? 도무지 알아들을 수 없는 말만 하는군."

말을 액면 그대로만 받아들이는 머리 나쁜 노인네다.

머리 좀 복잡해지라고 던진 말인데 저런 식으로 반응하면 시간 들여 얘기를 하는 보람이 없다.

다행히 내 의도대로 생각을 하는 인간이 있긴 했다.

"탈주자!"

"그래도 생각할 줄 아는 사람도 있군."

"놈!"

비아냥거리는 건 잘도 알아챈다.

"가만…? 탈주자 중 동양인은 위즈라는 놈밖에 없었어. 그리고 놈은 제갈호에게 죽었다고 했는데… 서, 설마?"

삼장로가 끝말을 흐렸지만 그가 말하고자 하는 바를 모르는 사람들은 없었다.

"사장로, 아니, 제갈무량이 널 보낸 것이냐?"

"글쎄?"

의심을 하기 시작하면 끝이 없다.

그리고 정황상 제갈무량을 의심할 수밖에 없었다.

장로들은 서로의 얼굴을 보며 놀란 표정을 지으며 이 자리에 없는 제갈무량에게 분노를 표출했다. 그리고 각자 생각을 하는지 나로 향하던 집중력이 떨어졌다.

이 상황을 노리고 있었다.

감각에 이미 저택 내부에 있던 모든 경호원이 달려오고 있는 것이 느껴졌기에 더 이상 머뭇거릴 이유가 없었다.

난 바로 신법을 전개했다.

# 7장

## 효웅의 죽음

"갈(喝)! 놈의 수작에 놀아나지 마시오!"

썩어도 준치라고 남궁상현은 내 의도를 알아차리고 장로들에게 일갈했다.

하지만 난 이미 이장로의 앞에 있었다.

기공을 이용한 신법이라 무릎을 구부리지도 않은 채 쭉 나아간 것이라 그는 순간 놀라 손을 뻗었다.

제갈호보다는 위였지만 제갈화령에 비하면 떨어지는 실력.

빙글!

다시 기를 뿜어 좌로 돌았다.

황보충의 우측으로는 오장로가, 좌측으로는 삼장로가 있었지만 삼장로와 나 사이에는 부서진 테이블이 있었다.

그러다 보니 삼장로가 공격을 해왔지만 다소 여유 시간이 있었다.

난 황보충의 비어 있는 옆구리로 주먹을 질렀다.

그러나 이장로의 자리가 짤짤이를 해서 딴 자리가 아님을 보여주었다.

황보충은 왼발을 축으로 빙그르르 돌면서 내 주먹을 향해 주먹을 뻗어왔다.

쾅!

피육과 피육이 부딪히는 소리치곤 굉음이 울렸다.

"큭!"

"형님!"

하지만 손해를 본 쪽은 황보충이었다.

난 주먹을 뻗을 때 완벽한 자세였지만 그는 다소 불안한 자세였기에 비슷한 내력이라고는 하지만 상대적으로 충격을 받은 건 그였다.

황보충이 몇 걸음 물러났다. 그런 그를 뒤에 있던 황보문이 받쳐줬다.

난 자세를 잡고 있는 황보충에게 달려들지 않았다.

황보충, 황보문 두 사람은 날 공격할 여력이 없었고, 문주인 남궁상현은 얼이 빠진 건지 움직일 생각도 하지 않고 있었다.

이렇게 난 또 달려들 때의 예상대로 삼장로와 일대일 찬스를 만든 것이다.

슈욱!

삼장로의 공격이 어깨를 스쳐 지나간다.

아슬아슬하게 피하며 양손으로 부서진 테이블을 잡고 아귀힘으로 뜯어낸다.

마치 작은 단검처럼 뜯어지는 나뭇조각.

난 무기를 가지게 되었다.

"연화장! 천수여래!"

삼장로가 위험을 느꼈는지 자신의 절초—제갈무량에게 장로들의 무공에 대해 들었다—를 선보인다.

손가락을 자연스럽게 구부린 그의 장이 하나에서 둘로, 둘에서 넷으로, 넷에서 여덟으로 늘어나며 다가온다.

'이름이 아깝군.'

삼장로의 수법은 화려했지만 실속이 없었다.

미국에서 봤던 요리사보다 실력이 떨어졌다.

천수(千手)여래라기보다는 십수(十手)여래라고 하는 것이 옳을 듯싶었다.

푹! 푹! 푸푸푸푸푸푹!

피와 살이 튄다.

팔로 시작해 목, 어깨, 몸통, 다리까지 양손에 들고 있던 뾰

족한 나뭇조각이 그의 온몸에 구멍을 만들었다.

삼장로는 선 채 죽음을 맞이했고 그가 내뿜는 피에 나는 혈인이 되었다.

"저, 저……."

의자에 앉아 수십 년간 타인의 생명을 희롱했던 이들이 죽음에 대해서 공포를 느낄까?

아닐 것이다.

인간을 인간이 아닌 가축으로 보는 놈들이 그럴 리는 없을 것이다.

하지만 자신이 죽을지 모른다는 생각이 머리를 지배하면?

공포를 느낄 것이다.

나 역시도 예외는 아니다.

죽어도 상관없다고 생각했지만 막상 죽음이 가까이에 다가오면 공포를 느끼며 살고 싶어 발버둥을 쳤다.

"너무 오래 쉬었군."

가진 실력에 비해 너무 맥없이 쓰러지는 장로들.

이들과 나의 차이점은 뭘까?

바로 현장의 경험이 너무 오래 되었다는 게 가장 큰 문제라고 생각한다.

전설이라고 불리던 권투 선수도 현장을 벗어나 은퇴를 하고 이십 년이 흐르면 그저 그런 젊은 선수들을 이기지 못하는 것과 비슷한 이유다.

"커억!"

황보문의 입에서 마지막 숨이 토해진다.

공포가 결국 그를 잡아먹었다.

정신을 차렸는지 합세한 남궁상현, 황보충과 황보문 세 사람과 삼 대 일의 대결이었지만 그는 방어를 하며 틈틈이 내찌른 내 나뭇조각에 제대로 반응하지 못해 목이 뚫린 것이다.

"문아!"

황보충의 눈이 죽어가는 황보문에게 잠시 머물렀다.

"어이가 없군."

이런 행동은 죽여달라고 목을 내미는 행태와 마찬가지임을 그는 모른단 말인가?

빈틈을 노리고 바로 죽일 생각을 해보지만 쉴 새 없이 공격하고 있는 남궁상현이 걸린다.

하지만 이런 기회를 놓치기엔 아까웠다.

수십 명의 경호원도 거의 도착을 했기에 순간 욕심이 생겼다.

'한 대 맞자!'

남궁상현의 공격이 빠르긴 하지만 황보충만큼 강력하게 보이지 않아 내린 결론이었다.

황보충의 심장으로 나뭇조각이 내리꽂힌다.

그와 함께 남궁상현의 장이 옆구리로 다가온다.

푸욱!

황보충이 자신의 실수를 깨닫고 몸을 뒤틀어 피하려 했지만 늦었다.

그가 서서히 무너지는 것을 보고 단전의 기운을 최대한 옆구리로 집중시켜 충격에 대비했다.

'어라?'

순간 내 감각을 의심했다.

거의 다가온 남궁상현의 장은 어느새 거력의 힘을 내포하고 있었다.

씨익!

남궁상현은 웃고 있었다.

'당했다!' 라는 생각과 함께 온몸이 부서지는 듯한 충격과 함께 몸이 훌훌 날아오르는 것이 느껴졌다.

'새 됐군.'

정신을 잃지 않기 위해 현재의 내 모습을 생각하며 속으로 중얼거렸다.

방에 들어오면서부터 남궁상현의 모습을 다시 재생해 보자, 왜 의심조차 해보지 않았는지 스스로에 대해 어이가 없었다.

머리를 굴린다고 했는데 그저 내 목표를 달성하기 위해 말처럼 달리기만 한 꼴이 된 것이다.

쿠웅!

"커억! 컥컥! 우웩!"

바닥에 떨어지는 충격도 상당했지만 남궁상현에게 받은 충격이 너무 커 상대적으로 아프지 않게 느껴졌다.

그리고 불행 중 다행인지 떨어지는 충격에 목에 막혀 있던 피가 쏟아져 나왔다.

"콜록콜록!"

뜨끔!

기침을 하니 갈비뼈가 부러졌는지 소름을 돋게 하는 고통이 밀려온다.

그렇다고 마냥 누워 있을 수는 없었다.

피가 가득한 침을 뱉고는 일어났다.

다행히도 남궁상현은 승자의 여유를 부리는 듯 움직이지 않았다.

"큭큭큭! 내가 다른 장로들을 죽이길 기다린 건가?"

"실력만큼이나 머리가 좋은 놈이군."

"당신만큼은 아니지."

"껄껄껄! 살아온 세월이 있으니까."

말을 하면서 몸을 점검한다.

갈비뼈가 두 개 나갔고 내장이 다쳤다.

하지만 가장 뼈아픈 건 육체적 상처가 아니었다.

남궁상현의 기운이 침투해 온몸을 휘젓고 다니는 게 가장 문제였다.

소주천을 해보려 하지만 이질적인 기운 때문인지 뚝뚝 끊어지는 느낌이다.

난 시간을 끌기 위해 말을 멈추지 않았다.

"무공 실력도 감추고 있었던 모양인데……."

"그래야 경계를 하지 않을 테니까. 하지만 이젠 상관없겠지. 덕분에 말이야."

"내 덕분이라면 보상을 해야 하지 않나?"

"껄껄껄! 원하는 게 있나?"

"살려달라고 하면 살려줄 건가?"

"물론!"

몸을 추스르기 위해 생각나는 대로 지껄인 것뿐이었다. 한데 남궁상현은 살려줄 수 있다고 말한다.

잠깐 거짓으로 항복하고 목숨을 연명해 볼까 생각해 봤지만 곧 고개를 흔들었다.

이 상황을 극복하지 못하면 어차피 클로버의 손에 죽을 것이 뻔했다.

"농담이었어. 이런 짓을 해놓고 살려달라고 할 만큼 뻔뻔하지는 못하거든. 대신 궁금한 게 있어서 그런데 물어도 될까?"

"말해보게."

"언제부터 계획한 거지?"

"……!"

남궁상현은 놀랍다는 표정을 짓는다. 그리고 호탕하게 웃어젖힌다.

"푸하하하! 하하하하하!"

"내 말이 웃긴 건가?"

"하하하! 아니, 자네의 말이 웃긴 게 아니라 정말 오랜만에 말이 통하는 사람을 만나 기뻐서 그렇다네. 하하!"

그가 웃는 동안 부러진 갈비뼈 두 개를 맞췄다.

남궁상현은 이런 나의 행동을 모른 척하는 건지 알면서도 신경 쓸 필요가 없다고 생각하는 건지 말을 계속 이었다.

"사십 년, 아니, 정확하게 사십이 년 전에 계획했네."

"와신상담, 회계지치가 우습게 여겨지는 세월이군."

"그렇지."

"가만……! 사십이 년이라면 혈사라 불리는 일도 당신이?"

"정말 탐나는 친구군. 단편적인 정보로 그 정도까지 유추를 하다니 말이야. 여기 누워 있는 병신들이 자네의 반만큼만이라도 머리가 있었다면 이렇게 당하지 않았을 텐데 말이야."

남궁상현은 쓰러져 있는 장로들을 경멸 어린 눈빛으로 훑어본다.

"적의 칭찬이지만 듣기 좋군요. 한데 굳이 그래야 할 이유가 있었나? 아니지, 손자인 남궁린이 자리를 물려받을 수 있을 때까지 기다린 거군."

"허어! 이제 더 이상 놀랍지도 않군."

"한 가지만 더 물어봅시다."

"자네에게라면 원하는 만큼 말해주지. 아! 지금 문밖에 있는 이들을 분열시킬 생각을 가지고 있다면 소용없는 짓이라고 말해주고 싶네. 그 오랜 시간 동안 누군가를 내 사람으로 만드는 일은 생각보다 쉬웠다네."

칫! 들켰다.

몸도 추스를 겸 문 앞을 가득 메운 채 기다리고 있는 경호원들의 마음을 흔들려고 했는데 늙은 여우 앞에서 재롱을 피운 것 같아 기분이 상한다.

"쩝! 도무지 틈이 없는 양반이군요. 그렇다고 꼬리를 말기엔 너무 궁금하군요. 왜 그런 겁니까?"

어느새 말을 높였다.

적이고 죽여야 할 상대지만 제갈무량과 다르게 긴 세월 자신의 목적을 달성하기 위해 절치부심한 것이 느껴졌기 때문이다.

뭐, 그렇다고 존경하는 건 아니다.

"그들은 내 존재를, 가문을 욕되게 했네."

"에?"

고작 그런 일로?

잘못 들은 줄 알았다. 그러나 이어지는 설명을 들으면서도 나는 이해를 하지 못했다.

빵 한 조각 얻어먹기 위해 바닥에 얼굴을 박아야 했던 나로서는 고작 자존심 때문에 수많은 사람을 죽음으로 몰아갔다는 게 이해가 되지 않았다.

백호단주로서 최선을 다하고, 문주 후보로서 승자에게 진정으로 승복하는 자신을 비웃었다는 이유만으로 그 오랜 시간을 복수에 매달리다니…….

"이해하지 못하는 얼굴이군."

"뭐, 솔직히……."

"자네가 섬에 갇혀 모진 꼴을 당해 복수하려는 것과 비슷한 이유네. 나에겐 오히려 죽음보다 더한 치욕이었으니까."

"네네."

겨우 소주천이 되기 시작했다.

여전히 남궁상현의 기운이 흐름을 방해하고 몸을 망가뜨리고 있었지만 붙어볼 만하다는 게 내 생각이었다.

"먼저, 시간을 줘서 고맙다는 말을 하고 싶군요."

"훗! 그 몸으로 상대할 생각인가?"

"붙어 봐야 알지 않을까요?"

"과연 그럴까?"

쾅!

지금까지 밖에서 대기하고 있던 경호원들이 마치 신호를 받은 듯 문을 박차고 들어온다.

철컥! 철컥! 철컥! 철컥!

그리고 일제히 총을 뽑고 나를 겨눈다.

난 손을 들고 말했다.

"헐! 마치 명령을 받은 듯 들어오는군요."

"전음으로 명령을 내렸거든."

전음이라…….

망할 클로버! 그런 좋은 기술은 왜 가르쳐 주지 않은 거지?

"내 밑으로 오게. 제갈무량과 손을 잡아 봐야 자네가 가질 건 아무것도 없네. 충성을 맹세하면 이인자 자리를 주지."

참으로 귀가 번쩍 뜨이는 얘기다.

그러나 내가 이인자가 될 일은 없었다.

일인자가 될 거냐고? 아니다. 미래의 일인자는 지금 디오네의 손에서 녹아나고 있을 테니 남궁상현이 날 살려둘 리가 없었다.

"쩝! 당신은 분명 날 죽이려 할 겁니다."

"난 내가 한 말은 꼭 지키네."

"절대 못 지킬 겁니다."

"……!"

"당신도 머리가 좋군요."

인자한 얼굴에 승자의 미소를 짓고 있던 남궁상현의 얼굴이 와락 구겨진다.

"린에게 해를 끼친다면 관련자들은……."

구족을 멸하겠다고?

좋은 머리로 참으로 고지식한 멘트를 날린다.

난 그의 말을 끊고 말했다.

"2라운드를 시작하죠!"

기운을 온몸에 두르듯이 내뿜는다.

울컥하고 비릿한 것이 올라왔지만 억지로 삼킨다.

신법을 전개했다.

기운을 내뿜는 것은 물론이거니와 발까지 박찼다.

쭈욱!

잔상이 생길 정도의 속도로 빠르게 움직였다.

앞이 아닌 뒤로 말이다.

"놈을 죽여!"

분노한 남궁상현은 악귀같이 인상을 쓰며 소리쳤고 경호원들의 총이 일제히 불을 뿜는다.

하지만 내 동작이 더 빨랐다.

꽝! 타타타타타타타타타타탕!

등지고 있던 벽이 부서지며 아슬아슬하게 총알 세례를 피했다.

내공을 이용해 단단하게 만들었지만 머리와 온몸이 흔들리며 다시 피를 토해야 했다.

마냥 누워 있을 수 없었다.

방을 가로질러 창문을 향해 몸을 날렸다.

쨍그랑!

타당! 타당! 타당!

"……!"

어깨가 불에 지진 듯 아픈 것이 스쳤나 보다.

그러나 머뭇거리면 죽는다는 걸 알았기에 우측 건물로 사력을 다해 뛰었다.

총알도 한두 명이 쏴야 피하지, 수십 명이 쏘기 시작하면 나로서도 감당이 안 된다.

고요한 밤의 적막을 찢는 총소리는 건물의 뒤편에 숨고서야 멈췄다.

"하악! 하악!"

숨소리가 거칠어졌다. 머릿속에서 분비된 아드레날린 때문에 고통을 덜 느낄 만한 데도 갈기갈기 찢기는 느낌이 든다.

눈을 감으니 건물로 다가오는 경호원들의 기척이 느껴진다.

최악의 상황이 일어날 때를 대비하길 잘했다.

호주머니를 뒤져 이어폰을 꺼냈다. 그리고 귀에 끼우고 저격 팀에게 말했다.

"발사!"

쉬이이이이익! 퍽! 털썩!

말이 떨어지기 무섭게 한 명의 기운이 사라진다. 그리고 뒤이어 계속해서 들리는 바람 가르는 소리.

"으악!"

"피, 피해!"

"컥!"

패닉에 빠진 경호원들은 스무 명의 저격수가 쏘는 총에 아주 짧은 순간 동안 반으로 줄었고 살고자 뿔뿔이 흩어지며 도망치기 시작했다.

"크……!"

털썩!

내가 숨은 곳으로 달려오던 한 경호원이 머리가 터지며 마지막 비명조차 지르지 못하고 바닥에 엎어진다.

공포에 물든 눈을 감지도 못한 채 말이다.

비명 소리도, 바람 가르는 소리도 잦아들었고 곧 사위가 침묵에 빠져든다.

—클리어.

팀장은 담담한 목소리로 보고를 했다.

"하아~ 수고했어요."

몸이 지쳐서일까? 갑자기 모든 것이 허망해진다.

유명한 영화의 대사처럼 이젠 마이 묵은 것 같다.

내 피 냄새도 역겹고 바람에 실려 오는 피 냄새도 역겨워졌다.

섬의 우기 때처럼 소나기라도 내려 이 지독한 피 냄새를 지워줬으면 하는 바람이다.

"이놈! 그 애를 어떻게 했느냐!"

피식!

아련해지던 정신이 고래고래 지르는 남궁상현의 목소리에 다시 돌아왔다.

"마무리는 해야겠지?"

난 어린 시절부터 속편이 나올 것 같이 어정쩡하게 끝나는 영화를 싫어했다.

속편이 나와 시원하게 끝내주면 좋으련만 흐지부지 넘어가 버리는 속편들. 최종 보스는 잘 먹고 잘살고 있다고 말해주고 싶은 건가?

어쨌든 마무리는 깔끔한 게 좋았다.

난 건물 뒤쪽에서 나와 남궁상현이 있는 곳으로 걸어간다.

그는 경호원들이 어떻게 당했는지를 보았는지 아까 내가 뚫고 나온 창문에서 소리를 지르고 있었다.

난 대충 이십 미터쯤 떨어져서 섰다.

남궁상현의 실력이라면 단숨에 다가올 거리였지만 나 역시 지금의 몸 상태에서 그의 반응을 보고 대처할 수 있는 거리이기도 했다.

"내가 죽이고 싶어질 거라고 그랬죠?"

"그 애는 어디 있느냐!"

"큭큭큭! 글쎄요?"

"이노오오옴!"

당장에라도 달려들 것처럼 구는 그를 보고 조용히 발사 명령을 내렸다.

쉬이이이이익! 파파파파팍!

남궁상현이 보이는 곳에서만 쏘는 거라 대여섯 발 정도만 날아왔다.

눈먼 총알에 맞아 죽기를 바랐지만 역시나 실패였다.

"으득! 총 따위에 내가 죽을 성싶으냐!"

"위협이라도 됐으면 하는 바람이죠."

"그 애가 잘못되는 순간 너희 가족들은 물론이거니와 널 아는 모든 사람들을 죽여 버리겠다."

"협박치고는 너무 고전틱 하군요."

"내가 못 할 것 같으냐?"

"그럼, 일단 눈앞에 있는 저부터 처치를 해보시죠."

"……."

여유를 잃지 않을 것 같았던 남궁상현은 가문을 이을 손자의 안위에 결국 꼬리를 내린다.

"좋다. 원하는 것이 있다면 말해라. 들어줄 수 있는 일이라면 뭐든지 하겠다. 그러니 제발 손자만은 건들지 말아다오."

"한 가지만 들어준다면 들어주죠."

"뭐냐? 내 목숨이냐?"

"큭큭! 목숨을 원한다면 주겠소?"

"…주마."

심각한 표정으로 말하는 남궁상현의 말엔 진심이 담겨 있었다.

정말 눈물겨운 가족애다. 다른 사람의 가족도 그렇게 생각했으면 오늘날 이 지경까지는 오지 않았을 텐데.

속마음을 말하진 않았다.

그를 죽일지언정 희롱하고픈 생각이 없어졌다.

"다른 건 다 필요 없어요. 다만……."

"다만?"

"내 아버지 얼굴을 다시 한 번 보고 싶군요. 섬에 납치되었을 때 날 찾다 돌아가신 그분을 만나게 해준다면 남궁린을 살려주겠소."

"이익……!"

어떤 말로도 날 설득할 수 없다고 확신을 했는지 그의 몸이 부들부들 떨리고 있다.

그리고 굳은 얼굴로 음산하게 말을 했다.

"널 죽여 만나게 해주마! 으드득!"

"죽으면 만날 수 있을까요? 그렇다면 너무 염려 마세요. 당신도 곧 남궁린을 만날 수 있을 테니까요."

"이얍!"

저격수의 총을 피하는 방법?

간단하다. 나에게 바싹 붙으면 된다.

단숨에 거리를 좁히고 들어오는 남궁상현의 손엔 어느새 긴 장검이 들려 있었다.

몸을 격하게 움직이기 힘든 상황.

얼마 전까지 잘못 사용했던—멍청하게도 시간을 늘리는 기술이라고 생각했던—기술을 펼친다.

뇌가 급속도로 돌아가며 세상을 느리게 만든다. 1초를 다섯으로 쪼갠 것이다.

슉! 슉! 슈슈슉!

세상은 느려졌지만 남궁상현의 검은 여전히 빨랐다.

인중, 목, 심장, 명치를 파고드는 검을 피해 좌로 돌며 피하려 했다.

그러나 남궁상현의 검은 변화를 일으키며 다시 그 자리들을 노린다.

한 발자국 뒤로 빠지며 손에 들고 있던 나뭇조각을 그를 향해 던졌다.

사삭!

깔끔하게 잘려 나가는 나뭇조각들.

한 템포를 늦춘 것으로 만족하고 그 틈을 이용해 1초를 열 조각으로 나눈다.

"곱게 죽지는 못할 것이다."

다시 펼쳐지는 검술.

한결 느려졌지만 내 몸 또한 느렸다. 또한 내공이 가닥가닥 끊기면서 보법조차 제대로 펼치지 못했다.

스각! 스각!

목과 허리가 베였다. 조금만 깊었으면 목이 반쯤 잘려 덜렁거렸을 것이다.

'거리를 좁혀야 해!'

세 군데 더 베이는 걸 무릅쓰고 남궁상현과의 거리를 약간이나마 좁히는 데 성공했다.

검의 거리도, 주먹의 거리도 아닌 상태였지만 방금 전보다 훨씬 나아졌다.

순식간에 공방이 빠르게 이어진다.

하지만 시간이 지날수록 망가진 몸이 문제였다.

점점 피투성이가 되어가는 나.

내가 흘린 피를 뿌리면서까지 막아보지만 서서히 한계를 보이고 있었다.

—한 발자국만 거리를 벌리십시오!

저격 팀장이 답답한지 소리쳤지만 떨어지는 순간 내 목이 날아갈 것이다.

남궁상현은 강했다.

멀쩡한 나라고 해도 승부를 짐작하기 어려운 실력.

남궁린에 대한 걱정과 나를 향한 분노가 그의 검을 거칠게 만들지 않았다면 팔 하나쯤은 이미 잃었을 것이다.

'어지럽다.'

겉으로는 피투성이에, 속으로는 무리한 움직임에 내상이 깊어질 대로 깊어진 상태.

게다가 1초를 10초처럼 만드는 기술 때문에 머리가 멍해지며 제대로 피하고 있는 건지조차도 모른 채 무의식적으로 움직이고 있었다.

그때 다시 한 번 기적이 일어났다.

앞이 너무 어지러워 눈을 감았는데 그 순간 모든 것이 선명해지기 시작했다.

맨 정신이었다면 어이없어서 헛웃음이라도 내뱉을 텐데 지금은 그저 명확해진 것이 좋아졌다.

오른쪽 옆구리를 지나간 검이 뒤로 빠졌다 다시 앞으로 내뻗어지며 네 갈래로 다가올 것이라는 걸 알 수 있었다.

그런 정보를 공기의 떨림이 가르쳐 줬다.

몸을 이십 도가량 비틀며 살짝 무릎을 구부리고 밤주먹을 뻗었다.

퍽!

내 주먹이 처음으로 남궁상현의 가슴을 때린다.

명치를 노리고 들어갔지만 그가 피하는 바람에 가슴 왼쪽을 쳤지만 상관없었다.

거리를 벌리면 안 된다는 생각 때문인지 그는 충격을 받았음에도 뒤로 물러나지 않고 다시 들어온다.

바로 왼발을 반발자국 왼쪽으로 옮기며 몸을 반대편으로 삼십 도 정도 움직인 후 어깨를 비튼다.

목을 베어오던 그의 손이 어깨에 막혔고 그의 연속되던 검이 멈춰졌다.

내공을 이용한 보법도, 동작도 아니었지만 너무나 쉽게 그의 공격을 막았고 뒤이어 공격을 한다.

터억! 팍! 터턱! 퍽!

아까와는 반대 상황이 되었다.

남궁상현의 공격은 번번이 막혔고 뒤이어진 내 공격은 계속 그의 몸을 두들겼다.

"크악! 죽여 버리겠다!"

우웅~

발작적으로 소리친 그는 내력을 끌어올렸고 기를 머금은 검은 검명을 내며 울었다.

신기한 일이다.

눈을 감고 있음에도 그의 일그러진 인상까지 확연하게 느껴진다.

기를 머금은 검이 온몸을 옥죄어 오는 두려움 따위는 없었고 단지 지금 이 고양된 기분을 놓치고 싶지 않다는 생각만 가득했다.

분명 깨달음이 내 곁으로 바싹 다가오고 있었다.

'아!'

단전에 있던 기운이 내 의지와 상관없이 움직이기 시작했다. 찢어진 길을 복구하고 서서히 소주천을 하기 시작한다.

"이 무슨 사술이냐!"

그가 펼치는 검식들은 모조리 아슬아슬하게 공간을 갈랐고 그에 남궁상현은 믿을 수 없다는 듯 소리쳤다.

'더 공격해! 쉬지 말고 더 공격하란 말이야! 남궁상현, 당신은 할 수 있어!'

고양감은 점점 더 커지고 있었다. 이제 깨달음의 초입임에도 이 정도의 기분이라면 본격적으로 시작되면 어떨까 싶었다.

그래서 남궁상현을 응원했다.

그가 멈춘다면 또다시 깨달음이 날아가 버릴 것 같아 두려웠다.

내 바람이 통했을까, 그는 초식 이름을 외치며 미친 듯이 검을 휘둘렀다.

그의 그런 노력 덕분에 마침내 망가진 길을 뚫고 소주천이 완성되었다.

'이제 시작이다!'

이제 단전의 기운들이 소주천을 여덟 바퀴만 돌고 나면 대주천의 시작이다.

여덟 바퀴라고 하지만 처음 한 바퀴가 어려웠지, 나머지는 순식간이었다.

'…!!! 아, 안 돼!'

완성이 되지 않은 초식을 펼친 걸까?

지금까지 잘 버텨오던 남궁상현이 큰 허점을 보이며 공격을 해오고 있었고 난 그 허점을 보고 주먹을 날리고 있었다.

그의 명치로 가고 있는 주먹을 멈추고 싶었다.

그러나 멈춰도 깨달음은 끝이고 남궁상현을 죽여도 깨달음은 끝이라고 머리는 말하고 있었다.

하늘을 나는 듯한 고양감은 어느새 사늘하게 식었다.

또한 뭔가에 홀린 듯한 기분도 원래대로 돌아왔다.

눈을 떴다.

다만 한 가지, 내 주먹이 그의 명치 가까이에 다가가고 있는 것은 변함이 없었다.

제정신으로 돌아온 지금, 깨달음 따위 얻지 못해도 살아남았다는 것 하나만으로 충분했다.

"……!"

경악하고 있는 남궁상현의 얼굴이 보인다.

그가 펼쳤던 마지막 검이 머리카락만을 자르고 지나갔고, 내 주먹이 그의 명치에 닿았다.

으드드드득! 아득!

주먹에 담긴 힘은 그의 가슴뼈를 부수는 것도 모자라 척수까지 부숴다.

"어억… 어억… 어……."

힘겹게 날 보며 뭔가를 말하려 했지만 그는 결국 아무 말도 하지 못하고 숨을 거뒀다.

듣지 못했지만 그가 하고 싶었던 말은 알 수 있었다.

하지만 들어주지 못할 부탁이었다.

"……."

그의 주검 앞에 뭔가를 말하고 싶었지만 뱉지 못한 채 그의 눈을 감겨주었다.

복수는 끝이 났다.

# 8장

## 복수와 자유

디오네는 자신을 바라보고 있는 남궁린에게 손을 흔들어 주며 통화를 하고 있었다.

"몸은 괜찮아? 다친 데는 없고?"

ㅡ난 멀쩡하니까 디오네나 조심해요.

"…응."

통화를 하고 있는 무찬은 결코 멀쩡한 목소리가 아니었다. 하지만 애써 괜찮다고 말하는 그의 마음을 알기에 수긍을 해 준다.

ㅡ그럼, 내일 아침에 봐요.

"그래, 내일 봐."

홀로 팔 장로를 상대하러 간다고 했을 때부터 최악의 상황을 염두에 두고 있었다.

그래서일까?

자신의 계획이 성공했다는 무찬의 전화가 왔을 때 그녀는 믿지도 않는 신에게 감사했다.

그리고 한편으론 다쳤다는 것에 마음이 아팠지만 다른 한편으론 살아 있다는 것만으로도 기뻤다.

이제 그녀의 차례였다.

통화를 끊고 남궁린이 있는 곳으로 갔다. 그리고 자리에 앉으며 빙긋이 웃으며 말했다.

"통화가 길었죠? 미안해요."

"하하하! 아닙니다."

남자답다는 걸 보여주려는 듯 호탕하게 웃는 남궁린은 연신 디오네의 몸을 훑어보고 있었다.

디오네는 그런 그의 눈빛을 보며 속으로는 비웃었지만 겉으로는 더욱 요염하게 움직였다.

"같이 지내는 동생에게 오늘 못 들어가니 기다리지 말라고 통화했어요."

"……!"

"그러니 오늘 밤은 린 씨가 날 책임져야 할 거예요."

"무, 물론이죠."

남궁린의 눈빛은 기쁨에 반달처럼 휘어졌다. 그리고 며칠

동안 자신을 애달프게 만들었던 디오네에게 진정한 남자의 힘을 보여주겠다며 다짐을 했다.

'최후의 섹스가 될 거야!'

욕정에 이글거리는 남궁린의 눈빛에 디오네는 그의 생각을 고스란히 읽을 수 있었다.

"즐거운 오늘 밤을 위해 건배!"

"건배!"

디오네는 애교 가득한 목소리로 그의 욕정을 더욱 부채질한다.

남궁린을 잡아먹기(?)로 계획을 하곤 우연을 가장해 그와 만나던 날, 그녀는 꽤 긴장을 했었다.

남궁린이 눈치챌지 모르니 조심하라는 무찬의 말이 있었기 때문이다.

하지만 긴장을 했던 것이 우스울 정도로 남궁린이 손쉬운 상대라는 걸 알게 된 건 만난 지 한 시간도 지나지 않아서였다.

최면술(섭혼술)을 사용하지 않고 그저 몸에서 자연스럽게 뿜어져 나오는 마력에 그는 디오네에게 빠져 버렸던 것이다.

그래서 그녀는 그날부터 아예 대놓고 그에게 최면술을 계속 걸고 있었다.

그는 이미 거미줄에 걸린 가엾은 벌레에 불과했다.

그녀의 한마디 말에 남궁상현의 전화를 받지 않겠다며 배터리를 뽑을 만큼 그는 이미 그녀의 것이었다.

더 이상 시간을 끌 필요가 없다고 생각했다.

그래서 혀로 살짝 입술을 핥으며 말했다.

"여긴 좀 시끄럽군요. 조용한 곳에 가서 한잔 더 할까요?"

"조, 조용한 곳이라… 제가 안내하죠."

디오네는 남궁린의 팔짱을 끼고 살짝 그에게 몸을 기댄 채 아래층에 있는 객실로 향했다.

쾅!

"조안나, 사랑해!"

스위트룸에 도착한 남궁린은 문을 급하게 닫았다. 그리고 거칠게 디오네에게 달려들었다.

"기다려요."

디오네는 살짝 인상을 쓰며 말했다.

정확하게는 최면술에 걸린 그에게 명령을 내린 것이다.

"지, 지금껏 참아왔는데 어떻게 기다린단 말이오?"

"……!"

남궁린의 말과 행동은 그녀가 기대하고 있던 반응이 아니었다.

'칫! 썩어도 천외천의 차기 문주란 말인가?'

디오네는 남궁린이 완전히 최면술에 걸린 것이 아니라는 걸 눈치챘다.

비록 최면술이 걸리긴 했지만 성적인 욕망의 힘까진 억제를 하지 못한 것이다.

완전히 걸렸다고 판단되면 바로 청룡단의 자금줄에 대해 묻고 그를 처리하려 했었다.

하지만 완전하지 않다는 걸 안 이상 원래의 계획대로 움직여야 했다.

디오네는 바로 인상을 풀고 재빨리 웃음을 지으며 말했다.

"밤은 길어요. 그리고 난 처음엔 부드럽게 시작하는 게 좋거든요."

그리고 색정적으로 웃으며 손가락으로 남궁린의 얼굴을 부드럽게 쓸어내리는 행동을 잊지 않았다.

"그, 그러죠."

남궁린은 당장에라도 다시 달려들고 싶었지만 한두 번 만나고 끝낼 여자가 아니라는 생각에 꾹 참고 그녀의 말에 고개를 끄덕였다.

그리곤 성적 욕구와 함께 휘돌던 내력이 단전으로 돌아가자 잠시 맑아졌던 정신이 다시 흐릿해지는 걸 그는 눈치채지 못했다.

디오네는 샴페인을 주문해 마시며 남궁린과 대화를 했다. 그리고 남궁린이 완전하게 최면에 걸리지 않은 이유를 짐작할 수 있었다.

'어쩔 수 없는 건가?'

디오네는 섹스를 싫어했다.

지금까지 생존을 위해 어쩔 수 없이 해야 할 때를 제외하곤 자의로 해본 적은 없었다.

키스나 애무는 상관없지만 남자를 받아들이는 것 자체가 기분이 좋지 않았고 환희보다는 고통이 이는 행위를 좋아할 수는 없었다.

섬에서 강제로 당하던 트라우마 때문인지도 모르지만 사랑하는 사람과의 행위도 마찬가지였다.

그녀는 무찬을 마음속에 두고 있었다.

하지만 무찬과 정상적인 성생활을 할 자신이 없었다. 충분히 연기를 할 수 있지만 자신과 그를 위해서 좋지 않다고 판단을 한 것이다.

그래서 무찬을 마음속에서 지웠다.

디오네의 최면 중 가장 강력한 것은 음양교합법을 통한 최면이었다.

설령 클로버라고 할지라도 음양교합법을 통한 최면은 벗어나지 못할 것이라 그녀는 생각했다.

마음을 굳혔다.

싫어한다고 복수를 그만 둘 만큼 그녀는 어리지 않았다.

샴페인 잔을 테이블에 놓고 남궁린을 바라본다. 그리고 그의 허벅지 깊숙한 곳에 손을 올리며 속삭이듯 말했다.

"린, 안아줘요."

남궁린은 그 말을 기다렸다는 듯 그녀의 입술에 키스를

했다.

키스는 길었다.

그러나 두 사람의 손은 가만히 있지 않았다.

서로의 몸 구석구석을 돌아다녔고, 스치고 지나간 곳의 옷은 힘없이 몸에서 떨어져 내렸다.

금세 두 사람은 태초의 상태가 되었고 남궁린의 입술은 서서히 아래로 향했다.

남궁린은 하체를 조여오는 거대한 힘에 대응하기 위해 온 힘을 다해야 했다.

디오네의 그곳은 늪이었다.

힘을 주면 줄수록 더욱 깊이 빠져드는…….

남궁린은 그 늪을 자유로이 다니고자 내력을 일으켰다.

단전에서 나온 힘이 빠르게 돌며 온몸에 힘이 넘쳤다. 그리고 그 힘이 한곳으로 쏠리며 늪은 더 이상 장애물이 아니게 느껴졌다.

천외천의 사람들은 그에 대해 잘못 알고 있었다. 그는 내공면으로만 따진다면 제갈화령보다 위였다.

남궁상현이 실력을 숨기라고 하지 않았다면 진즉에 내보이고 무시하는 놈들의 코를 납작하게 만들었을 것이다. 하지만 이런 장소에서까지 숨길 이유는 없다는 게 그의 생각이었다.

쾌락에 겨워 신음하는 디오네를 보며 정복자의 기분을 만끽한 남궁린은 허리를 끊임없이 움직였다.

"어?"

얼마쯤 지났을까?

남궁린은 이상함을 느끼고 의문을 표했다.

조금 전까지 자유롭게 돌아다니던 늪이었는데 차츰 빠져드는 느낌이 들기 시작한 것이다.

그리고 시간이 지날수록 그 느낌이 강력해졌다.

하지만 절정에 이르기 직전이었기에 더 이상 깊이 생각하지 못했다.

"허억!"

쾌락의 끝에 이르렀을 때 나오는 소리가 남궁린의 입에서 터져 나왔다.

온몸을 부르르 떨며 절정을 충분히 느꼈다.

그리고 다시 부지런히 움직이는 허리.

아직까지 힘은 충분했고 그의 남성은 여전히 죽지 않고 있었다.

'뭔가 잘못됐다!'

자신의 허리를 감싸고 있던 뱀처럼 부드러운 조안나의 두 다리가 족쇄처럼 느껴졌고 목을 두르고 있는 낭창낭창한 두 손은 갈고리처럼 느껴졌다.

멈추고 싶었다.

그러나 그의 허리는 의지를 배반하고 끊임없이 움직이고 있었다.

'내, 내력이…….'

말을 하고 싶어도 말이 입 밖으로 나오지 않았다. 그리고 온몸에 충만하던 내력이 어느새 바닥까지 가고 있었다.

늪이 서서히 그를 집어삼키고 있었던 것이다.

그때 디오네의 눈이 떠졌다.

색기가 넘치는 눈이 아래의 그것처럼 끝을 알 수 없는 늪처럼 느껴졌다.

그리고 그 눈을 바라보던 남궁린은 그 늪에 빠져든다.

"청룡단의 자금에 대해 알고 싶은데?"

"청룡단의 자금은……."

디오네가 청룡단에 대해 어떻게 알고 있는지, 왜 자금에 대해 묻는지에 대한 의문은 없었다.

눈빛에 초점을 잃은 남궁린은 그녀가 묻는 모든 것을 다 말하고 있었다.

그리고 질문에 대한 답을 모두 말했을 때 그의 모습은 평소완 달리 꽤나 많이 달라져 있었다.

필요한 것을 모두 물은 디오네는 이제는 힘겹게 움직이고 있는 남궁린을 아무런 감정 없이 바라보다 중얼거렸다.

"이제 할아버지를 만나러 가야지?"

그녀의 말에 남궁린의 몸 전체가 움찔하는 것 같았다.

그것을 디오네도 느낀 듯했지만 그녀에게는 큰 의미 없는 것이었다.

그의 목에 두르고 있던 새하얀 손이 부드럽게 움직였다. 그리고 섬뜩한 소리.

우드드득!

목이 돌아간 남궁린은 마침내 동작을 멈췄고 디오네의 품으로 서서히 쓰러진다.

휙! 우당탕!

디오네는 귀찮다는 듯 그를 침대 밖으로 밀쳐 버리고 침대에서 일어났다.

마치 아무 일도 없었다는 듯 옷을 입은 그녀는 뒤도 돌아보지 않고 룸을 빠져나갔다.

* * *

또 한 사람의 여자가 전화를 받고 있었다.

테라스를 비추는 달빛이 그녀의 미모를 더욱 밝혀주고 있었지만 표정은 딱딱하게 굳어 있었다.

"결국 성공을 했군요?"

—그래, 괴물 같은 자식이야. 안에 있던 모든 경호원들과 여덟 장로를 죽여 버리다니……. 우리 집안의 모든 역량을 동원해도 할 수 없는 일을 놈이 해낸 거야.

“그럴 거라 생각했어요.”

—넌 성공할 것이라 생각한 거야?

통화 상대인 제갈호가 어이없다는 듯 물어왔다.

“아뇨, 확신하지 못했어요. 확신했다면 균이 병력들을 준비시켜 두자고 말하지 않았겠죠. 다만…….”

—다만?

“…왠지 가능하지 않을까라는 생각이 아주 약간 들더군요.”

제갈화령은 무찬이 강하다는 걸 알고 있었다. 하지만 실제로는 비관적이었다.

그저 속으로 성공하길 바랐을 뿐이었다.

“상태는 어때요?”

—거의 반쯤 죽어 왔더군. 하얀색 옷이 진한 붉은색이 되어 나타났으니까.

“치료는요?”

—글쎄, 성공했다는 말만 하고 바로 여관방으로 들어가 버렸어. 의사를 보내주겠다고 해도 거절하더군.

“우리를 믿지 않으니까요.”

—…….

제갈화령은 인식하지 못했지만 믿지 못한다고 말할 때 그녀의 목소리는 가볍게 떨리고 있었다.

제갈호는 약간의 이상함을 감지했지만 어떤 말도 할 수 없는 입장이었다.

"삼촌, 부탁이 있어요."

실제적인 촌수로는 오촌이었지만 아버지가 없는 그녀는 제갈호를 삼촌이라 부르며 따랐었다.

―말하렴.

"할아버지가 삼촌에게 내린 명령은 잊어주세요."

―…무슨 말인지 모르겠구나.

"할아버지라면 그의 상태를 봐서 제거하라는 명령을 내렸겠죠. 삼촌은 그 명령을 따를 생각이고요."

―이젠 다 컸구나, 화령아.

제갈화령은 제갈호가 그런 명령을 받았음을 간접적으로 인정한 것이라 생각했다.

"부탁드려요."

―글쎄다. 네가 왜 그런 말을 하는지 이해가 되지 않는 건 아니다만… 공과 사는 구분해야 하지 않겠느냐?

제갈호의 말에 제갈화령의 아미가 찌푸려졌다.

어떠한 내색조차 하지 않았는데 속마음을 들킨 것 같아 마음이 불편했다.

―짧은 기간의 정(情)일 뿐이니 정리하기 어렵지 않을 것이다.

"그런 것 때문이 아니에요!"

제갈화령의 목소리가 커졌다.

무찬에 대한 호감은 있었지만 그 때문에 할아버지의 명령을 무시하라고 말한 것이 아니었다.

—그럼, 무엇 때문이냐?

“삼촌을 잃고 싶지 않아요. 할아버지도요. 그가 오늘 어떤 일을 하고 왔는지 기억하세요.”

제갈호는 그녀의 말에 간과하고 있던 것이 있었음을 상기했다.

그리고 제갈화령의 말에 수긍할 수밖에 없었다.

제갈호가 볼 때도 제갈무량의 입장에서 보면 지금은 비록 손을 잡고 있지만 일이 성공한 뒤에는 무찬은 꽤나 껄끄러운 상대일 수밖에 없었다.

그래서 장로들을 모두 죽이고 오면 상태를 봐서 죽이라는 명령을 따르기로 한 것이었다.

한데 지금 생각해 보니 이젠 천외천을 자신의 가문이 온전히 가지게 되었는데 그보다 더 한 놈을 적으로 만든다? 물론 그를 죽인다면 상관없었다.

하지만 실패한다면?

정말 악몽 같은 일이 벌어질 게 분명해 보였다.

“삼촌!”

제갈호가 말이 없자 마음이 조급해진 제갈화령이 큰 소리로 그를 불렀다.

—…알았다. 내가 보기에도 리스크가 너무 큰 일인 것 같구

나. 백부님껜 내가 말하마.

"고마워요."

—아니다. 오히려 어리석은 짓을 할 뻔한 걸 막아준 네게 고맙구나.

제갈호의 목소리에 진심이 느껴졌기에 제갈화령은 더 이상 채근하지 않았다.

—한데 너 혼자서 할 수 있겠느냐?

"걱정 마세요. 여덟 장로를 없앤 누구에 뒤지지 않는 실력을 가진 저니까요."

—하하. 그렇구나. 하지만 조심해야 한다.

"네, 끝내고 전화드릴게요."

전화를 끊은 제갈화령은 자신도 모르게 긴 한숨을 내뱉었다.

"휴우~"

할아버지의 어리석은 행위를 막았다는 것에 대한 안도의 한숨인지 무찬이 위험하지 않게 되어 내쉬는 한숨인지 몰랐지만 그녀의 입가에는 살짝 미소가 걸려 있었다.

"이젠 내 차렌가?"

오늘만 지나면 자유의 몸이 된다는 생각에 약간 흥분된 목소리로 혼잣말을 중얼거린 제갈화령은 황보유천에게 전화를 걸었다.

—평생 안 볼 것같이 굴더니 네가 웬일이냐?

까칠한 반응에 약간 취한 듯 혀가 꼬인 말투였다.

하지만 전화벨이 두 번도 채 울기 전에 전화를 받는 걸 보니 아직 마음을 정리하지 못했다고 제갈화령은 판단했다.

그래서 단도직입적으로 말을 했다.

"어디야? 시간 되면 만나."

—매몰차게 대할 땐 언제고 이제 다시 만나자니 무슨 의도지?

"할 말이 있어. 싫다면 어쩔 수 없지."

약간 경계를 하는 듯한 목소리였지만 설령 그가 거절한다고 해도 믿는 구석이 있었기에 과감하게 말했다.

—…집이야.

"지금 갈게."

대답을 듣지 않고 전화를 끊었다.

현재 시간, 밤 10시 5분 전.

북경에서 일어난 일을 제갈무량이 통제를 하고 있다곤 하지만 언제 황보유천의 귀에 들어갈지 모르는 일.

그가 그 사실을 알기 전에 만나는 게 중요했다.

2층 테라스에서 아래로 뛰어내린 제갈화령은 차를 타고 바로 목적지로 향했다.

황보유천의 집에 도착한 제갈화령은 바에서 술을 마시고 있는 그를 보곤 그가 아직 북경 일을 보고 받지 못했다고 생각했다.

"오! 백호단주님 오셨소?"

황보유천의 앞엔 꽤 많은 빈병들이 뒹굴고 있었다. 많이 취한 듯 몸조차 가누지 못하고 의자에 몸을 기댄 채 제갈화령을 맞이한다.

문득 제갈화령은 그와 함께 뛰어놀던 어린 시절이 떠올랐다.

동시에 황보유천을 죽이겠다고, 죽일 수 있다고 생각하던 마음이 무너지는 게 느껴졌다.

'정신 차려, 제갈화령! 그는 적이다! 너에게 그가 했던 일들을 생각해 봐!'

무너지는 마음을 다잡기 위해 스스로를 다그쳐 보지만 나빴던 기억보다 좋았던 기억이 더 떠올랐다.

"안 앉을 거야? 뭐, 계속 서 있든가."

여전히 갈등하는 마음을 숨긴 채 제갈화령은 대답하지 않고 그의 옆자리에 가서 앉았다.

"혹시 위즐러 챈인가 하는 놈의 문제로 왔으면 그만 가라. 그놈에 대해선 더 이상 할 말 없다."

"그 문제로 온 거 아냐."

"오호! 이젠 그놈도 귀찮아진 건가? 하긴 새 신부가 될 사람이 그러면 안 되지. 암, 안 되고말고. 킥킥킥!"

황보유천은 기분이 좋다는 듯 킥킥거렸다.

그런 그의 모습에 제갈화령의 인상이 찌푸려졌지만 왠지

그 모습이 안쓰러워 아무 말도 하지 않았다.

“뭔 일로 왔냐? 난 네 얼굴 보기 싫으니 할 말 있으면 얼른 하고 가!”

“왜 이렇게 됐을까?”

“웬 개똥 같은 소리야?”

제갈화령은 황보유천의 말에 신경 쓰지 않고 자신이 할 말을 계속했다.

“어린 시절에는 참 친했는데, 안 그래?”

“흥, 갑자기 과거 얘기는…….”

“셋 다 부모님이 안 계셨고 일곱 살까지 함께 지낼 땐 참 행복했었지. 그 시절이 평생 갈 거라고 생각했는데 이젠 서로 못 잡아먹어서 이러고 있다니.”

“…….”

황보유천도 과거를 생각하는지 더 이상 투덜거리지 않고 조용히 듣고만 있다.

“어디서부터 잘못됐을까? 그때로 돌아가고 싶다.”

“…쳇! 늙은이 같은 소리 하지 말고 받아!”

황보유천은 감성적인 그녀의 말에 괜스레 큰소리치며 술을 따라준다.

쭈욱!

그녀는 단숨에 독한 양주를 마셔 버리고 다시 술잔을 내밀었다.

"더 줘."

황보유천은 술을 따랐고 제갈화령은 연속해서 두 잔을 더 마셨다.

"유천아, 이름 한 번만 불러줄래?"

"언제는 부르면 죽인다며!"

"한 번만 불러주라."

"됐어! …화장실 갔다 온 다음 생각해 볼게."

낯간지럽다는 표정으로 화장실로 가는 황보유찬의 뒷모습을 바라보는 제갈화령의 얼굴은 꽤나 착잡해 보였다.

큰 것인지 황보유천은 조금 늦었고 그녀는 그가 놓고 간 술을 마시며 기다린다.

"어, 왜 이러지?"

그런데 갑자기 머리가 어지러운지 양쪽 관자놀이를 누르며 바의 테이블에 기대는 제갈화령.

그러는 사이 검은 야행복을 입은 남자들이 바 주위를 빙 둘러쌌다.

"크웅! 뭐 하는 짓이지?"

고통스러운지 신음 소리를 내며 둘러싼 이들에게 물었지만 대답은 다른 사람에게서 나왔다.

화장실 간다고 비틀거리며 걷던 황보유천은 멀쩡한 모습으로 걸으며 말했다.

"할아버지의 복수지! 가증스러우니 아니라는 말은 하지

마, 제갈화령!"

제갈화령은 그가 이미 북경 소식을 들었다는 걸 알 수 있었다.

"빨랐네?"

"빨랐네……? 닥쳐! 넌 여전히 날 무시하고 있군. 난 천외천의 정보 단체인 주작단의 단주야! 제갈가가 정보를 통제한다고 내가 그 중요한 소식을 모를 줄 알았나!"

"맞아. 아무래도 널 얕잡아 본 건 실수였던 것 같아."

"크크크크! 역시 천하에 무서울 것 없는 백호단주군. 할아버지를 해친 걸 인정하는 건가?"

"응."

"크하하하하하하하!"

황보유천은 웃고 있었지만 표정은 슬픔과 분노로 얼룩져 있었다.

"가증스러운 년! 할아버지도 모자라 날 죽이러 온 주제에 과거로 돌아가고 싶다고?"

"…미안."

"입을 찢어버리기 전에 닥쳐!"

"미안해, 유천아."

제갈화령은 진심을 담아 사과했다.

마음의 결정을 내린 것에 대한 미안함이었다.

"지금 상황을 제대로 파악하지 못했나본데 넌 이곳을 못 빠져나가."

"이들을 믿는 건가?"

제갈화령은 주변의 주작단원을 둘러보며 말했다.

"천하의 백호단주를 상대하면서 이들만 준비했을까? 네가 마신 술이 어떤 술인 줄 알아? 서서히 몸이 마비되는 게 느껴지지 않나?"

"이거 말이야?"

주루루루루룩!

제갈화령이 고개를 숙이자 입에서 술이 주루룩 흘러나왔다.

"어, 어떻게?"

"어떻게 알았냐고? 넌 취한 척하고 있었지만 들고 있던 술병에 입도 대지 않았어. 그래서 네가 북경 일을 알고 있다고 판단했지. 기운으로 술을 감싸 목에 놔두는 건 너도 할 수 있는 일이잖아?"

"이익! 주, 죽여!"

악에 받힌 황보유천이 외쳤고 그의 그림자와 주작단원들이 일제히 그녀를 덮쳤다.

제갈화령의 손과 다리가 부드럽게 움직이기 시작했다.

춤을 추는 무희처럼 아름답고 우아하면서도 한 수 한 수에 담긴 힘은 바위를 단번에 부술 만큼 강력했다.

황보유천은 짚단처럼 쓰러지는 수하들을 보며 속이 타들

어가면서도 그녀의 춤이 계속되기를 바랄 만큼 멍하니 바라만 볼 뿐이었다.

그러나 시작이 있으면 끝이 있는 법. 치열할 것 같았던 싸움은 너무나 짧은 시간에 허무하게 끝나 버렸다.

쓰러진 수하들 사이에서 싸움을 시작할 때와 마찬가지로 오롯이 서 있는 제갈화령의 모습에 황보유천의 머릿속엔 한 가지 단어가 떠올랐다.

압도적 강함!

황보유천은 전율 때문인지 두려움 때문인지 가늘게 떨리고 있는 자신의 손을 바라보다 피식 하고 웃었다.

그리곤 두 손을 꼭 쥐었다.

이길 수 있으리라 생각하진 않았다. 하지만 할아버지와 가문의 원수에게 목숨을 구걸하긴 싫었다.

실리적인 사람이라면 계란으로 바위 치기라며 어리석다 말할 수도 있겠지만 그의 마지막 자존심이었고 '황보'라는 성을 가진 자의 숙명이라 생각했다.

마음을 비워서일까?

모든 것이 편안해지고, 비뚤게만 보이던 세상이 비로소 바로 보이는 게 느껴졌다.

무표정하게 서 있는 제갈화령을 바라본다.

'어린 시절에는 항상 웃는 얼굴이었는데…….'

고개를 절레절레 흔들었다.

이제는 사랑인지 집착인지 헷갈리는 마음의 찌꺼기마저 털어낼 때였다.

"시작하자, 화령아."

"……."

제갈화령의 눈빛이 미미하게 흔들린다.

그런 얼굴을 보면서 그녀의 마음을 안 것 같아 황보유천은 씨익 하고 웃어 보였다.

그리고 단 한 수에 모든 것을 걸 요량으로 단전의 모든 기운을 두 주먹과 다리로 집중시켰다.

"하압!"

기합과 함께 뒷발을 박차는 순간, 주먹은 그녀의 심장 가까이에 다가가고 있었다.

어린 시절부터 수만 번, 수십만 번 연습했던 자신이 가장 자신 있는 한 수. 지금 이 순간 그 어느 때보다 가장 완벽하게 펼쳐졌다.

하지만 주먹이 닿으려는 순간 그녀의 몸이 빙그레 회전을 했고 목표가 사라졌음을 알게 되었다.

그리고 어느새 그녀의 장이 황보유천의 심장에 닿아 있었다.

'어린 시절 만날 당하던 그 수법이구나.'

사랑하는 연인을 쓰다듬듯이 가볍게 가슴에 닿은 손바닥이지만 그 수법이 심장을 박살 내는 내가중수법임을 그는 알고 있었다.

울컥!

피가 토해져 나오려는 것을 삼키려 했지만 양이 너무 많아 결국 토해 앞섶을 다 적신다.

"하아……."

딱히 아픔은 없었다. 그저 숨쉬기가 힘들어지고 눈앞이 흐려지며 몸이 무너져 내린다.

한데 쓰러진 곳은 딱딱한 바닥이 아닌 그토록 원했던 이의 품이었다.

뿌옇게 흐려진 시야로 그녀의 얼굴이 보였다.

선명하지 않아도 괜찮았다. 셀 수 없을 만큼 마음속에서 그려봤던 얼굴이기에 어떤 눈빛을 하고, 어떤 표정을 짓고 있는지 알 수 있었다.

차가운 무언가가 얼굴에 떨어지는 것이 느껴졌다.

울지 말라고 말하지 않았다. 자신을 위해 더 울어달라고 말하고 싶었다.

더 이상 아무것도 보이지 않았고 그녀의 향기도, 그녀의 따뜻함도 더 이상 느껴지지 않았다.

하얗게 변해 버린 세상에서 어린 시절의 그녀가 웃는 얼굴로 자신에게 손짓하는 모습이 보였다.

황보유천은 환하게 웃으며 그녀를 향해 소리쳤다.

"…화 …령아 …가, 같이 …노, 노올 …자."

"…흐윽!"

소리 없이 눈물을 흘리던 제갈화령은 결국 참지 못하고 울음을 터뜨렸다.

제갈화령은 자유를 얻었지만 친구를 잃었다.

# 9장

## 마무리

제갈호가 잡아둔 여관의 지저분한 침대가 편안하게 느껴질 정도로 몸이 엉망진창이었다.

"끄응!"

네 시간 정도 자고 일어났는데 몸 상태가 좋아지기는커녕 몸을 일으키는 데도 신음 소리가 절로 난다.

그나마 다행인 점은 웬일로 제갈호가 공격을 하지 않았다는 것이다.

이상했다.

내가 제갈무량이었다면 무조건 지금의 나를 노렸을 것이다.

남궁상현을 죽인 후 최대한 괜찮다는 걸 보여주기 위해 씩씩하게 걸어왔지만 제갈호의 눈을 속였을 가능성은 전무했기 때문이다.

고개를 흔들며 상념을 지웠다.

좋은 게 좋은 거라고 굳이 공격받지 않은 이유에 대해 깊게 생각할 이유는 없었다. 물론 이곳을 떠나기 전까진 조심해야겠지만 말이다.

그때를 위해서라도 몸을 조금이라도 좋게 만들어야 했기에 침대에서 내려와 가부좌를 하고 현재 내 상태를 관조해 본다.

'망할!'

갈비뼈가 부러지고, 남궁상현의 내력이 스며든 상태에서 무리를 했는지 성한 곳이 없었다.

소주천을 도는 경맥이 깨달음의 과정에서—비록 깨닫기 전에 끝났지만—낫지 않았다면 난 냄새나고 지저분한 이 방에서 생을 마감했을 터였다.

상태는 좋지 않았지만 내가 언제 최악이 아닌 적이 있었던가?

살아 있다는 것에 만족을 했다.

서서히 호흡을 시작했고 호흡을 통해 들어온 기운을 거의 텅 빈 단전으로 보내 소주천을 시작한다.

소주천을 하며 난 가까이에 왔던 깨달음에 대해 생각을 해본다.

예상치 못하게 찾아온 두 번의 기회.

아쉬움이 조금 남지만 위급한 상황에서 도움을 받았고, 또한 어렴풋이 정체를 알게 된 것만으로도 행운이라 할 수 있을 것이다.

비움, 중용, 균형.

두 번의 기회에서 내가 느끼게 된 깨달음으로 가는 키워드다.

단어의 뜻을 유추하자면 그리 어려울 것도 없는 것들.

단전을 비우고, 지나치거나 모자라지 않으며, 어느 한곳에 치우치지 않는다.

한데 막상 깊이 생각해 들어가면 모순이 발생한다.

비움과 중용. 중용은 균형과 비슷한 의미이니 빼자.

반대말은 아니지만 모순이 있는 말이다.

단전의 기운을 반만 빼라는 말인가?

운기를 하며 단전이 반 정도 찼을 때 변화가 있을까 기대해 봤지만… 개뿔, 아무 일도 없었다.

한동안 더 생각해 보지만 결국 아무런 변화도 없었다. 그리고 일정 부분 단전이 차자 남궁상현이 남긴 이질적인 기운과 내 기운이 부딪히는 걸 느끼곤 운기를 멈춰야 했다.

"조금 나아졌군."

운기를 해서인지 한결 가벼워진 느낌이다.

무리하게만 움직이지 않는다면 오늘 디오네와의 음양교합은 충분할 것 같았다.

기운을 차리고 나니 배가 고팠다.

"그보다 옷부터 갈아입어야겠군."

시뻘겋다 못해 검붉게 물든 요리사복을 보고 있자니 빈혈이 일어날 지경이었다.

한데 막상 벗고 나니 입을 옷이 없었다.

혹시나 싶어 문밖을 보자 제갈호가 준비해 놓은 봉지가 있었고 그 안에 약과 붕대, 혹 피가 묻어날 것을 염려한 검은색 옷이 있었다.

"고맙긴 한데 약이 부족하겠군. 하긴, 섬에 비하면 이 정도는 호강인가?"

어느 정도 아물긴 했지만 금방이라도 벌어질 것 같은 상처도 꽤 많았다.

약을 바르고 적당히 붕대를 감은 후 밖으로 나갔다.

숨 쉬면 암에 걸릴 것 같은 공기를 가진 북경이었지만 에어컨이 없는 방보다는 시원할 것 같아서였다.

잠시 걷고 있자 어딘가 다녀온 듯한 제갈호가 다가오는 것이 보인다.

"어디 다녀오세요?"

"에어컨 나오는 도박장에. 한데 멀쩡하네?"

"누군가 좋은 약을 놔뒀더라고요."

"신경 좀 썼지. 한잔할래?"

왼손에 들고 있던 봉지를 들어 보이는 제갈호.

"좋죠!"

우리는 여관 입구 옆에 있는 낡은 의자에 앉아 차가운 맥주를 마신다.

"몸은 어때?"

"살 만해요."

"젊은 게 좋긴 좋은 가봐. 아까 올 때 보니 곧 죽을 거 같더니……."

"하하하! 몰골이 안 좋았죠? 근데 왜 그냥 놔뒀어요? 충분히 공격할 만큼 엉망이었는데."

"눈치챘냐?"

툭 하고 던지듯이 묻자 피식 웃으며 답한다.

"나라도 그랬을 테니까요."

"그래? 화령이 말을 듣기를 잘했군."

"화령 씨가 죽이지 말라고 하던가요?"

"응. 긁어 부스럼 만들지 말라고 하더라. 물론 판단은 내가 했지만."

"좋은 기회를 놓쳤으니 사장로님께 혼 좀 나겠군요?"

"쓸데없는 희생을 줄였으니 칭찬하시겠지. 그런데 내가 공격했으면 죽일 수 있었을까?"

"그때라면 위험했겠죠."

"위험했겠다라? 한 오십 명쯤 데려왔으면?"

"글쎄요?"

대답을 해야 할지 말아야 할지 고민하며 제갈호의 얼굴을 봤다.

순수하게 궁금하다는 표정.

어차피 이젠 위험한 상황도 아니었기에 호주머니에서 이어폰을 꺼낸 후 답했다.

"어차피 이 문을 들어올 수 있는 사람은 당신… 제갈호 님을 제외하곤 몇 명 되지 않았을 겁니다."

"역시 준비한 것이 있었나?"

"이거죠. 맥주병 맞히는 사람, 만 위안!"

말과 함께 한쪽으로 맥주병을 높게 던졌다.

퍼억! 파파파파파파팍!

"……!"

공중에서 산산조각이 나며 터짐과 동시에 낡은 여관 벽에 수많은 총알이 박힌다.

제갈호는 멍한 표정으로 벽과 총알이 날아온 방향을 번갈아 봤다.

—A1, 내가 맞췄다!

—A6, 아닌데, 내가 맞췄거든?

—A0, 나거든!

이어폰에서 서로 맞췄다고 싸우는 소리가 들렸고 쉽게 끝날 것 같지 않았기에 한마디 했다.

"누가 맞췄는지 모르니 모두에게 주죠."

환호하는 소리가 들렸지만 더 듣지 않고 호주머니에 이어폰을 넣어버렸다.

"저격수가 있었군?"

"말했잖아요. 저라도 그랬을 거라고요. 그러니 최소한의 준비는 해야죠."

"큭큭큭! 정말 화령이 말을 듣기 잘했군. 하마터면 벌집이 될 뻔했어. 큭큭큭큭!"

제갈호는 뭐가 그리 웃긴지 한참을 큭큭거린다. 그러다 다 웃고는 언제 웃었냐는 듯 정색하며 묻는다.

"앞으로는 어쩔 셈이냐?"

제갈가가 차지한 천외천과 적대할 것인지를 묻는 것이리라.

"복수는 끝났어요. 더 이상 미련도 없구요. 해야 할 일이 있긴 하지만 이삼 일 내로 끝낸 다음엔… 한국으로 돌아가 평범하게 살고 싶어요."

'살아 있다면' 이란 말을 빼긴 했지만 솔직하게 대답해 줬다. 차라리 이렇게 말하는 것이 제갈가나 나에게 득이 될 것이라는 생각에서였다.

"네가 한국으로 떠나면 백부님은 좋아하시겠지만 누군가는 서운해할 텐데……."

"하하! 오해하지 마세요. 화령 씨와 결혼하고 싶다고 말한 건 사장로님을 잠시 속이기 위한 거니까요."

"그런가……?"

"네, 그게 어떻게 된 거냐 하면 말이죠. 그러니까……."

맥주 한 병을 더 마시며 어떻게 제갈무량을 설득했는지에 대해 상세히 얘기해 줬다.

그렇게 삼십 분쯤 더 얘기하다가 7시까지 상하이행 비행기를 타러 가야 했기에 각자 방으로 들어갔다.

* * *

비서실의 다른 두 명이 컴퓨터로 연예 단신이나 스포츠 단신 따위를 보고 있을 때 능려안은 약간 불안한 표정으로 차를 마시고 있었다.

'8시 42분…….'

꽤 시간이 지난 것 같아서 흘낏 본 시계는 조금 전에 확인했을 때보다 고작 이 분밖에 지나지 않았다.

그녀는 얼른 9시가 되기를 바랐지만 시간은 더디기만 했다.

그때 비서실의 문이 열렸다.

"단주님은?"

얼굴을 들이밀며 묻는 이는 남궁린의 오른팔로 금융 팀의 팀장이었다.

"아, 아직 안 오셨어요."

능려안은 재빨리 자리에서 일어나며 대답했다.

비서실의 인원은 세 명이었다. 다른 두 명은 업무를 주로 담당했고 능려안은 안내를 담당했기 때문이다.

"언제쯤 오실까?"

금융 팀장은 능려안이 남궁린의 얼나이라는 걸 알고 있었기에 출근 시간을 물은 것이다.

"9시 30분쯤 오실 거예요."

물론 거짓말이었다.

그녀는 아침 7시쯤 위즐러 챈에게 남궁린이 죽었다는 문자를 받았다.

9시 30분까지 청룡단원들을 한자리에 모이게 해야 했기에 얼떨결에 그 시간을 말한 것이다.

"그렇군. 근데 단주님이 차기 문주로 선출되셨겠지?"

"다, 당연하죠. 거의 확정되어 있던 일이잖아요."

"한데 말이야……."

말을 하던 금융 팀장은 다른 비서들의 눈치를 살피더니 능려안만 들릴 정도의 낮은 목소리로 말을 이었다.

"축하 선물로 어떤 게 좋을까?"

'아!'

능려안은 금융 팀장이 왜 뜬금없이 찾아왔는지 이해할 수 있었다. 그리고 그녀는 그런 그를 보고 좋은 생각이 났다.

"물질적인 건 부족함이 없으신 분이잖아요."

"그렇지."

"오늘 단주님이 출근하기 전까지 청룡단원들을 모두 모아두라고 말씀하셨거든요."

"음, 그래서?"

"축하 파티를 해드리는 거죠. 물론 케익이나 샴페인이 있으면 더 좋겠죠."

"좋은 생각인데! 오히려 웬만한 선물보다 더 좋겠는 걸. 그런데 내가 주도해도 될까?"

"물론 다른 팀장님들과 같이하셔야죠. 다른 팀장님들도 가만히 계시지 않을 테니까요."

"하긴, 쩝!"

"대신 제가 단주님께 팀장님이 제일 애 많이 썼다고 말씀드릴게요."

"오! 그렇다면 나야 좋지. 그렇게만 해주면 내가 나중에 좋은 선물 하나 해줄게."

"약속하시는 거예요! 아! 벌써 9시가 다 되어 가네요. 서둘러야겠어요."

"오케이! 생유!"

금융 팀장은 차기 문주에게 눈도장을 찍게 해준 능려안에게 고마워하며 재빨리 사람들을 모으기 위해 비서실을 뛰쳐

나갔다.

'내가 고맙죠.'

청룡단원들을 모을 때 너무 긴장해 혹 실수라도 하지 않을까 싶어 걱정하던 능려안이었다.

한데 손쉽게 해결되고 나니 불안한 마음이 사라지고 한결 마음이 가벼워졌다.

대회의실은 34층에 있었다.

9시가 넘자 청룡단원들이 올라오기 시작했다. 비서실과 멀지 않은 곳이라 비서실까지 소란스러움이 들렸다.

9시 20분.

시간을 확인한 능려안은 자리에서 일어났다.

"단주님 마중 나갔다 올게요."

가타부타 말없이 손만 들었다 내리는 비서실의 다른 두 직원을 일별하고 문을 나섰다.

복도를 지나다 보니 대회의실엔 남궁린을 맞이할 준비가 대충 끝났는지 웅성거리는 소리만 들릴 뿐이었다.

일반 직원들은 34층에 올라올 일이 없으니 이대로 떠나면 끝이었다.

띵!

엘리베이터가 도착하고 문이 열리자 청소하는 아주머니가 청소 도구를 밀면서 내리려 했다.

"여기 층은 오늘은 안 하셔도 돼요."

"관리실에서……."

"제가 말해둘게요."

청소 도구가 엘리베이터 밖으로 나오는 걸 막으며 그녀는 엘리베이터에 올랐다.

아주머니는 33층에 내렸고, 몇 번을 서다 멈췄다 하며 엘리베이터는 로비로 내려간다.

오늘따라 유독 천천히 내려가는 듯한 엘리베이터. 하지만 결국 목적지에 도착했다.

능려안의 걸음은 빨라졌다.

그리고 정신없이 로비를 지나쳐 회전문을 통과해 빌딩을 나왔다.

"휴우~"

힘든 일을 한 것도 없는데 절로 다리의 힘이 풀리며 한숨이 나온다.

아직 할 일이 끝난 것은 아니었다.

주변을 두리번거리자 건너편 도로에서 덩치 큰 남자가 손을 흔드는 것이 보였다.

그에게 다가가자 사내가 중저음의 목소리로 말했다.

"위즐러 챈 형님이 이걸 전해 드리라더군요."

사내가 건넨 건 여권과 비행기 표, 그리고 통장이었다.

"일단 Chan' s Investment 직원으로 미국으로 가시면 기다리는 사람이 있을 겁니다. 나머지는 그 사람이 알아서 해줄 겁니다. 짐은 캐나다에 집이 구해지는 대로 바로 보내 드리겠습니다."

"고마워요. 지금 청룡단원 모두가 삼십사 층에 모여 있어요. 10시까지는 그대로 있을 거예요."

"알겠습니다. 이 차를 타세요. 공항까지 안전하게 데려다 줄 겁니다."

능려안은 다시 한 번 사내에게 감사를 표한 후 그가 준비해 둔 차에 올랐고 차는 금세 속도로 높이며 공항으로 향했다.

능려안이 탄 차가 멀어지는 것을 본 불곰은 오늘 희생양이 될 이들에게 전화를 걸었다.

그리고 잠깐의 망설임 뒤 말했다.

"…시작해라!"

그가 망설인 것은 수하들을 죽을 장소로 보내서가 아니었다. 한국에서 조폭이었던 그가 그런 명령을 내린 적이 없었겠는가.

다만 조폭이었던 그가 보기에도 갱생 불가능한 쓰레기들이긴 하지만 그 수가 백 명 가까이 된다는 점에서 망설인 것이다.

"젠장, 이 짓도 못해먹겠군."

청룡단원까지 합치면 근 백오십 명이 넘는 생명이 자신의 손에 사라진다고 생각하니 폭력적인 생활에 환멸이 생기는 그였다.

그렇다고 평생 따르기로 한 무찬의 명령을 거부할 생각은 추호도 없었다.

위치를 옮겨 청룡단이 있는 빌딩이 잘 보이는 곳으로 이동한 불곰은 적당한 곳에 앉아 담배를 물었다.

지금쯤이면 조우를 하고 싸움을 시작했을 시간.

청룡단을 치기 위한 특공대는 비어 있는 46층에 모여 있었다.

어제 46층 인테리어 공사를 한다며 두세 명씩 짝을 지어 침투를 시켜둔 것이다.

"휴우우우우~"

깊게 빤 만큼 길게 담배 연기를 내뿜는다.

그렇게 두 모금 더 빨 때 전화벨이 울렸다.

—준비됐습니다.

특공대들이 34층으로 모두 들어갔다는 소리.

싸우는 소리, 비명 소리가 배경음처럼 들린다.

"……."

아까보다 망설임의 시간이 더 길었다.

—지금 눌러야 합니다!

"알아, 새끼야! 나도 안다고!"

주변에 지나가던 이들이 깜짝 놀라 그를 바라보다가 험악한 분위기에 슬금슬금 피해 간다.

담배 한 모금을 더 빤 불곰의 입이 떨어졌다.

"눌러."

—예!

대답과 함께 전화기에서 귀청을 울리는 폭발음이 들려온다.

콰광!

뒤이어 바라보고 있던 빌딩의 한 층이 폭발음과 함께 화염을 토해낸다.

틱! 티딕!

꽤 먼 거리에 있었음에도 불곰의 앞까지 날아와 바닥에 떨어지는 유리 조각들.

사람들의 비명 소리와 도난 방지 장치가 부착된 차량들이 웽웽거리는 소리가 일대를 뒤덮는다.

"…살아 있냐?"

—…예.

대답을 하는 이는 북한군 소속의 폭파 전문가.

그의 장담처럼 34층만 깔끔하게 날아간 모양이다.

"내려와."

—알겠습니다.

이제 필터를 태우는 담배를 버리고 새 담배를 입에 문 불곰은 발 앞의 유리 조각을 집어 올렸다.

색유리인 줄 알았더니 누군가의 피가 묻어 붉게 보이는 유리 조각을 쳐다보는 불곰의 얼굴은 잔뜩 일그러졌다.

그는 문득 조직 폭력배의 은퇴는 겁이 날 때라고 누군가 말했던 것이 떠올랐다.

지금 그의 마음을 짓누르는 건 바로 '겁' 이었다.

"씨발!"

불곰은 스스로가 마음에 들지 않는지 거친 욕을 내뱉으며 유리 조각을 던져 버리고 피 묻은 손가락을 바닥에 박박 문질렀다.

무찬에게 일이 성공했다는 문자를 보내고 세 번째 담배가 반쯤 타들어갈 때 새까만 얼굴에 어울리지 않는 양복을 입고 사내가 다가왔다.

북한군 폭파 전문가였다.

"한 가지 물어보자."

"말씀하십시오."

"스위치 누를 때 어떤 기분이었냐?"

"음, 글쎄요?"

집게손가락으로 볼을 긁적거리며 말하는 그에게선 백오십 명의 사람을 죽였다는 죄책감 따윈 없어 보였다.

그리고 이어지는 말.

"선량한 사람을 괴롭히는 쓰레기들을 없애는데 기분 따위를 느껴야 합니까?"

어이없는 대답이었지만 불곰도 약간이나마 죄책감을 떨쳐낼 수 있었다.

물론 한때 그도 선량한 사람들을 괴롭힌 적이 있었기에 기분이 살짝 나빠지기도 했다.

"넌 어떤 게 제일 겁나냐?"

불곰은 자리에서 일어나며 물었고 사내는 조금 전과는 달리 즉각 대답을 했다.

"굶는 겁니다."

"큭! 네 말이 맞다. 고생했으니 맛있는 거 먹으러 가자. 원하는 만큼 사주마."

한결 기분이 가벼워진 불곰은 그의 어깨를 두드리고 걸음을 옮겼다.

"싸 가도 됩니까?"

"푸하하하하! 그래 양껏 싸 가라."

사내의 물음에 결국 웃음이 터지는 불곰이었다.

그 둘이 사라질 때쯤 수많은 공안 차와 앰뷸런스가 빌딩 앞으로 모여들고 있었다.

# 10장

## 비움과 중용

비행기가 도착하자마자 스마트폰을 켰다.

불곰에게 온 한 개의 메시지가 있었다.

미리 보기 기능만으로도 확인 가능할 정도로 짤막한 문구였는데 '성공했습니다.' 라고 적혀 있었다.

간단히 수고했다는 메시지를 보내고 게이트를 빠져나와 로비를 가로질러 가는데 낯익은 얼굴이 보였다.

난 걸음을 멈추고 말을 걸었다.

"려안, 지금 떠나는 거야?"

"아, 찬! …응. 한데 괜찮아? 많이 아파 보인다."

능려안이 보기에도 내 상태가 좋아 보이지 않는 모양이다.

"괜찮아. 피를 좀 흘려서 그런 것뿐이야."

"조심하고 건강 잘 챙겨."

"그래."

"근데 뭔 돈을 이렇게나 많이 넣은 거야?"

그녀는 내가 불곰에게 전하라고 한 통장을 들어 보였다.

"나 때문에 이역만리 떠나게 됐는데 그만한 보상은 해줘야지. 혹 지내다가 부족하면……."

"충분해."

"그렇다면 다행이고."

겉도는 대화는 더 이상 이어지지 않았다. 떠날 사람은 떠나야 했기에 작별 인사를 했다.

"잘살아."

"찬, 너도. 이제 탑승하러 가봐야겠다. 안녕……."

몇 번이나 뒤돌아보며 걸음을 옮기는 그녀. 나에게 할 말이 있는 것 같았지만 묻지 않았다.

서로 이용하기 위해 만난 사이라 특별한 감정은 없었지만 행복하게 살기를 빌었다.

능려안과 헤어진 후 택시를 타고 회사로 향했다.

감시자들을 피해 숨어들어 갈 생각이었는데 그럴 필요가 없었다. 철수를 했는지 어떤 기척도 느껴지지 않았다.

"다녀왔습니다."

"어서 와!"

"고생했어."

하고 싶은 말이었고 듣고 싶던 말이었다.

간단한 인사였지만 섬에서는 꿈꿨었던 인사. 습관적으로 말해놓고 되돌아오는 말에 울컥해지는 이 기분은 뭐란 말인가?

몸은 힘들었지만 마음이 가벼워져 진실로 웃게 된다.

"어디 아픈 거야?"

"많이 아파 보인다. 괜찮은 거지?"

능려안이 알아챈 것을 디오네와 제시카가 몰라볼 리가 없었다.

"그들과 싸워 이 정도면 선방한 거지. 하하!"

너스레를 떨어보지만 두 사람은 여전히 걱정스런 표정이다.

이런 땐 화제를 돌리는 게 최고다.

"제시카, 맡긴 일은 잘한 거야?"

"당연하지. 청룡단의 운용 자금과 남궁린의 사재는 물론 남궁상현의 비자금까지 싹 빼돌렸어. 그리고 해외 계좌는 나중에 찾으러만 가면 돼."

"잘했네."

"재산이 어마어마하더라. 디오네 언니도 놀랄 정도라니까."

"명단은?"

"최근 십 년 정도 것밖에 없었어. 그리고 죽은 사람의 자료는 아예 삼 년 전 것밖에 없더라고."

섬에 납치된 사람들의 명단을 확보해 그들의 가족에게 얼마만큼의 보상을 해줄 생각이었다.

모든 자료가 남아 있다면 좋겠지만 없다면 어쩔 수 없는 일이었다.

"고생했어. 자료에 없는 사람에 대해선 우리도 어쩔 수 없으니 너무 상심하지 마."

"응, 어쩔 수 없지."

"마무리도 부탁해."

"걱정 마. 정부 기관의 도움을 받아서라도 꼭 찾아 보상금을 줄 테니까."

"일반인과 범죄자는 잘 구분하고."

"자료에 범죄 유무도 잘 나타나 있어."

똑 부러지는 말에 절로 믿음이 간다.

이번엔 고개를 디오네에게 돌려 물었다.

"몸은 괜찮아요?"

내 몸보다 걱정되는 건 사실 디오네였다. 최근에 기껏 일상적인 생활이 가능한 몸으로 만들어놨는데 남궁린의 내공과 정혈을 흡수함으로써 다시 시한폭탄 같은 몸이 되어버린 것이다.

"지금은 괜찮아."

당연히 지금은 괜찮다. 하지만 흡수한 내력이 양기에서 음기로 바뀌게 되면 이번엔 정말 죽을지도 몰랐다.

내가 몸도 완전히 추스르지 않고 이곳으로 달려온 이유는 디오네가 흡수한 기운이 양기에서 음기로 바뀌기 전에 균형을 맞추기 위해서였다.

"그럼 점심 먹고 시작하기로 해요."

"난 괜찮으니까 일단 네 몸부터 추슬러."

"디오네."

"듣기 싫어! 어쨌든 네가 낫기 전까진 난 전혀 할 생각이 없으니까 그렇게 알아."

"내 몸이 낫기 위해서라도 음양교합법이 필요해요."

"거짓말. 날 속일 생각 마."

"거짓말인지 내 눈을 봐요."

내가 아프다고 하면 완강히 거부할 것이라 생각했다. 그래서 진실을 말했다.

"…정말이야?"

"네, 그리고 시간을 끌면 끌수록 디오네도, 나도 더 위험해지거든요."

"점심 먹으면서 생각해 볼게."

"그래요. 치료에 실패하면 디오네도, 나도 마지막 식사가 될 테니까요."

"무찬! 재수 없는 소리 하지 마."

옆에서 컴퓨터 작업을 하던 제시카가 눈을 부라리며 들고 있던 마우스를 던지려 했다.

"미안, 제시카. 그런데 불곰은 왜 아직 안 오는 거야?"

역시 화제를 바꾸며 불곰에게 전화를 걸었다.

불곰은 배고픈 수하와 배 터질 때까지 먹고 지금 오려던 중이라고 했다.

"잘됐네. 오면서 맛있는 거 잔뜩 사들고 와."

—네, 형님.

불곰은 정말 잔뜩 사들고 왔다. 네 명이서 세 끼는 충분히 먹을 수 있을 정도로 말이다.

우리는 어제와 오늘 자신이 겪었던 일들을 얘기하며 즐겁게 식사를 했다.

난 평소와 달리 넷 중에 가장 말을 많이 했는데 세 사람이 나의 이런 면은 처음 봤다며 놀라워할 정도였다.

차까지 다 마신 후 음양교합법을 할 시간이 다가왔다.

디오네는 결국 허락을 했고 난 마지막이 될지도 모르는 두 사람을 눈에 담았다.

"누님! 형님! 성공하고 저녁에 술 한잔 하십시다. 파이팅!"

분위기를 띄우려는 듯 활기차게 말하는 불곰.

"그러자, 동생."

"혹 안 내려오더라도 하루 정도 지나고 올라와라. 괜스레 설레발치다간 나랑 디오네랑 훅 가는 수가 있다."

"핫핫핫! 걱정 마십시오. 제가 어느 누구도 못 올라가게 하겠습니다."

"니가 제일 걱정이다. 쯧!"

"꼭 성공해야 해!"

"그래, 최선을 다하마."

나와 디오네를 껴안으며 눈물까지 보이는 제시카.

두 사람을 뒤로 하고 6층 디오네의 방으로 올라갔다.

아무리 치료를 위한 음양교합법이라곤 하지만 '준비, 땅!' 하고 시작할 수는 없는 법.

"와인 한잔 하면서 핑크빛 분위기를 만들어볼까요?"

"폽! 좋은 생각이네. 호호호!"

꼭 성공하자.

너만이라도 살아.

디오네만이라도 꼭 살려 줄게요.

말은 하지 않았지만 우리는 와인을 마시며 분위기를 잡으면서도 서로의 마음을 읽을 수 있었다.

분위기가 어느 정도 무르익었을 때 난 디오네에게 키스를 했다. 그리고 차츰 서로의 몸을 탐닉하며 몸을 달아오르게 했다.

"으흥~"

"아하!"

전희에 이어 삽입이 이루어졌다. 그리고 양손 모두 깍지를 꼈다.

"시작해요."

"응……."

오른손에서 디오네가 내보내는 기운을 받아 단전으로 보낸다. 단전으로 들어온 기운은 내 내공과 함께 소주천을 하고 왼손으로 디오네에게 전해진다.

남궁린의 양의 기운을 흡수한 디오네의 기운은 확실히 음기가 약한 편이었다.

처음에는 가볍게 시작되었다.

그러다 시간이 지나 차가운 기운이 뜨끈뜨끈해져서 나간다고 생각되었을 때 남자의 상징이라 할 수 있는 곳으로도 디오네의 음기를 받아들이기 시작했다.

기운을 입으로 받아들이는 것과 상징(?)으로 받아들이는 것에는 장단점이 존재했다.

장점이라면 키스의 경우 100의 음기가 들어오면 100 그대로 받아들여져 단전으로 가는 반면, 합궁 상태에서는 100의 음기가 남자의 상징을 거치고 들어오면 70이 되어버린다는 것이었다.

30 차이가 별것 아닌 것 같지만 음양교합법을 통해 서로의 음과 양을 맞춰가는 과정에서는 어마어마한 차이를 만들었다.

디오네와의 내공 차이를 극복할 수 있게 해주는 것도 바로 이런 점이었다.

단점이라면 일단 발동을 시작하면 끝을 봐야 한다는 것이다.

성공하면 좋지만 성공하지 못하면 내가 죽든지 디오네가 죽든지, 그것도 아니면 둘 다 죽어야 끝이 난다는 것이다.

시작한 지 두 시간쯤이 지났을까, 성공할 가능성이 보였다.

역시 예상대로 디오네가 남궁린의 양기를 흡수해 음기가 약해진 상태에서 음양교합법을 실행한 것이 정답이었나 보다.

현재 우리 둘 사이를 왔다 갔다 하는 기운의 음양 비율은 3.5:6.5였다.

이제 양기를 가둬 5:5의 비율만 맞추면 무사히 끝나게 될 것이다.

난 소주천을 시키는 내력의 양을 줄이며 남는 내력을 단전에 조금씩 쌓기 시작했다. 그와 동시에 서서히 음양의 비율이 균형을 이루어간다.

디오네도 성공을 했다고 생각하는지 상기된 볼을 한 채 빙그레 웃었다.

하지만 끝이 아니라 시작이었다.

5:5의 비율이 되는 순간, 디오네의 인상이 구겨지며 활처럼 휘어졌다.

'무슨 일이 벌어진 거지?' 라는 생각도 하기 전에 곧 폭풍과 같은 음기가 오른손과 상징으로 밀려들어 오기 시작했다.

'뭐, 뭐야!'

급격하게 음양의 비율은 음으로 바뀌기 시작했다.

난 재빨리 단전에 모아뒀던 기운을 들어온 음기와 합쳐 소주천을 돌렸다.

어마어마한 양의 음기였다. 디오네의 몸 주위로 습기가 차가워지며 물이 되고 곧 얼음이 되어버렸다.

미친 듯이 소주천을 돌리며 양기를 만들어내려 했지만 쓰나미처럼 밀려드는 음기의 양에 내력도, 내 몸도 빠르게 차가워지고 있었다.

'설마 디오네를 병들게 만들고 죽이려 했던 숨어 있던 음기?!'

디오네는 나보다 십여 년 더 섬에서 생활했었다. 그리고 내가 처음 만났을 때부터 '죽음의 거미' 라고 불리었으니 얼마나 많은 남자의 내력을 갈취했을까.

그 내력이 남극의 빙하처럼 꽁꽁 얼어 있다가 남궁린의 양기와 내 양기가 합쳐지며 녹기 시작했다고밖에 볼 수가 없었다.

원인은 대충 알아냈지만 도무지 방법이 없었다.

진정 이대로 폭주하다 둘 다 죽는 수밖에 없다는 말인가?

공기가 차가워지면서 숨쉬기조차 어려워지자 머리 회전 또한 느려지기 시작한다.

'훗! 복수는 끝마쳤잖아.'

오늘 위기를 무사히 넘긴다고 해도 또다시 클로버라는 괴물과 상대해야 한다는 생각이 들자 아등바등 산다는 것이 부질없이 느껴졌다.

난 왼손으로 빠져나가는 기의 통로를 막았다. 나갈 곳이 없게 된 음기들은 빠르게 내 온몸 구석구석 빈 곳을 찾아 채우기 시작했다.

그리고 왼손으로 디오네의 혈도 몇 곳을 짚었다.

"……!"

내가 하는 행동을 이해했는지 그녀는 눈을 부릅뜨며 죽일 듯이 바라봤지만 난 그저 빙긋이 미소만 지었다.

디오네는 내게로 보내는 기운을 끊으려 했다. 그러나 그건 불가능했다.

디오네는 음의 기운을 다스릴 내공심법을 몰랐고, 음양교합법을 통한 흡수와 방출밖에 하지 못했다.

게다가 지금은 내가 주도적으로 흡수를 하고 있었기 때문에 그녀가 할 수 있는 일은 아무것도 없었다.

난 디오네의 이마에 키스를 하고 눈을 감았다.

원망하는 모습과 우는 모습을 마지막 모습으로 기억하기는 싫었기 때문이다.

이제 몸의 감각이 사라지고 있었다. 피마저도 얼지 않았을까 하는 생각에 웃음이 나왔지만 미소조차 지을 수 없는 상태였다.

끝이 없을 것 같았던 그녀의 음기도 서서히 끝을 보이고 있었다.

예전처럼 강력한 힘은 사용하지 못해도 일상생활을 하는 것엔 지장이 없을 정도의 기운만 남았다고 생각했을 때 오른손과 상징으로 유입되는 통로를 끊었다.

디오네가 날 미는 것이 느껴진다.

"이 …미 …놈아! 왜 …어! ……!"

띄엄띄엄 들리던 말소리도 이젠 들리지 않는다.

모든 감각이 사라지고 완벽한 무의 공간에 있는 것 같다.

무(無)? 없음? 비었음? 비움!

지랄 맞게도 죽을 때가 되니까 다시 깨달음이 찾아왔다. 그렇다고 변하는 건 없었다.

누군가에게 무를 설명하기란 간단하면서도 참으로 어려울 것이다.

그러나 난 단숨에 무를 이해했다.

역설적이게도 무는 없지만 있는 것이다. 무라고 말하는 것 자체가 이미 하나로 존재하는 것이다.

그 하나에서 양과 음으로 나뉘었고…….

가만 내가 어디서 이런 얘기를 들은 거지?

무슨 상관이랴. 지금은 무에 대해 아는 것이 더 중요했다.

내 모든 정신은 깨달음에 집중됐다.

그리고 마침내 내가 비움과 중용이라 생각했던 것에 대해 알아냈다.

호흡을 통해 마신 '하나'의 기운이 양과 음 '둘'로 나눠지듯이 음이든 양이든 결국 '하나'의 기운일 뿐이고, 내 안의 기운과 밖의 기운 또한 둘 다 같은 것이다. 음이 양이고 양이 음이며 내가 자연이고 자연이 나다!

음기로 가득 찬 단전에서 하나의 음이 하나의 양으로 바뀌었고 그 변화는 순간 온몸으로 퍼져간다.

푸왁!

온몸이 열렸다. 입을 통한 호흡이 아니라 온몸을 통한 호흡이 시작됐다.

과한 것은 내보내고 필요한 것은 받아들였다.

깨달음을 얻었고 목숨을 건졌다. 그리고 무아지경에 빠졌다.

* * *

치지지직!

누군가에 의해 머릿속에 억눌려 있던 기억이 깨어난다.

"…어떻게 할 생각이십니까?"

'고, 고 선생님?!'

"다른 사람들과 똑같은 기회를 줘야겠지."

'클로버?!'

"조금 더 신경 써주시면 안 되겠습니까?"

"왜? 같은 조국의 사람이라 마음이 더 가는가?"

"그보다… 아직 어리지 않습니까?"

막 누워 있다 정신을 차린 상태로 두 사람을 바라보는 듯한 일인칭 시점의 장면.

지금까지 내 기억 속에 이런 장면은 없었다. 그러나 과거 내가 본 장면이라는 걸 알 수 있었다.

봉인되었다고 예상했던 게 맞았던 것이다.

"딸이 생각나는 모양이군. 자네 부탁이니 광마심법과 함께 제령섭혼술의 일부를 자네에게 가르쳐 줄 테니 자네가 배운 후 알려주게. 기억력이 엄청나게 좋아질 테니 도움이 되겠지."

"알겠습니다. 아! 무찬이가 깨어났습니다."

두 사람의 시선이 나를 향한다.

클로버가 다가와 얼굴을 들이밀며 말했다.

"어차피 지워질 기억이니 상관없겠지. 네게 이 섬에서 살아날 무기를 주겠다. 이겨라! 강해져라! 그때마다 네게 더 강력한 무기를 주겠다."

난 말을 하고 싶었지만 아혈이 찍혀 있어서인지 입만 벙긋

거릴 뿐이었다.

"내 눈을 봐라."

피하고 싶었지만 심령이 제압당한 듯 거역할 수가 없었다. 그리고 그의 눈을 보는 순간 암흑이 찾아왔다.

잠이 든 것이다.

치지지직!

힘겹게 떠지는 눈. 분명 클로버에게 심장을 찔렸는데 살아 있는 건가?

뿌옇게 흐리던 사물이 점점 또렷해진다.

"고, 고 선생님? 크윽!"

"상처가 심하니 말하지 마라. 응급처치는 잘했으니 무사할 거야."

"…감사합니다."

"아니다. 눈 감고 쉬어라."

고통을 진정시키며 눈을 감으려는데 천장이 낯설다.

평소 지내던 판잣집이 아니라 엄청난 크기의 천연 동굴이었다. 어찌 된 일인지 묻기 위해 고개를 돌리려는 순간 고 선생님의 날 선 목소리가 들렸다.

"도대체 무슨 생각으로 저 아이를 저렇게 만든 겁니까!"

"테스트다."

"무슨 테스트를 하기에 애를 저 지경까지 만드… 크읏!"

"닥쳐라! 저 아이를 살려달라고 한 건 너였다. 그때 생사까지 나에게 맡기겠다고 한 것 잊었느냐?"

"그, 그래도… 커억… 너, 너무하지 않습니까?"

숨이 넘어갈 듯하면서도 고 선생님의 목소리는 여전히 화가 나 있었다.

"가능성이 없는 놈에게 시간을 투자할 이유는 없다. 강해지지 않는다면 밖에 있는 저 벌레 같은 놈들과 뭐가 다르단 말이야. 기껏 가르쳐 봐야 도망가는 놈이 있지 않나, 수련을 게을리하지 않나. 싹수가 없다면 빨리 제거하는 게 더 나아!"

"컥, 컥! 콜록콜록! 저 아인 이제 육 개월도 되지 않았습니다. 최소한 일 년은……."

"누가 죽인다더냐? 벌벌 떨면서도 틈을 노리더군. 클클클! 그래서 어느 정도인지 알아볼 겸 찌른 것뿐이다."

"그럼?"

"일단은 합격이다. 본격적으로 가르칠 생각이니 네놈 역할이 크다. 그렇다고 안심하지 말거라. 테스트는 계속될 테니. 내 마음에 차지 않는 순간 놈의 목숨은 없다."

고 선생님이 가르쳐 준 것들이 모두 클로버의 것이었단 말인가?

머리가 어지러웠고 지금 상황을 믿을 수가 없었다.

클로버가 다가오는 소리에 재빨리 눈을 감고 자는 척을 해야 했다.

“클클클! 자는 척해 봐야 소용없다. 네놈 눈 돌아가는 소리가 저기까지 들리더구나.”

속일 수 없다는 생각에 눈을 떴다. 그리고 그를 노려보며 소리쳤다.

“병 주고 약 주는 겁니까! 크윽! 나에게 대체 왜 이러는 겁니까!”

“쯧! 조용히 말해라. 기껏 치료해 둔 상처가 터져서 죽고 싶은 게냐?”

“차라리 죽여라!”

“죽는 거야 쉽지. 한데 넌 집으로 돌아가고 싶지 않은 게냐?”

“…….”

집이라는 말이 나오자 가슴이 막히고 눈물이 나왔다.

전투할 때 날 죽이려 했던 사람이었고 믿을 수 없는 상대였지만 집에 갈 수 있는 가능성이 일 퍼센트만 있다고 한다면 그런 건 상관없다는 생각이 들었다.

“내가 가르치는 걸 죽을 각오로 배워라. 그리고 내 부탁을 하나 들어주면 살 수 있을 것이다. 그렇게 할 수 있겠느냐?”

“…선택권은 없겠지요?”

“당연하다. 내가 만족할 때까지 성장해라. 그렇지 않으면 내 손에 죽을 것이다. 이래도 하겠느냐?”

"부탁이란 게 뭡니까?"

"내 사부들과 나, 그리고 널 이 섬에 오게 한 천외천을 없애라."

"천외천이라……. 하겠습니다."

"크하하핫! 좋다. 오늘은 바쁜 날이 될 테니 이만 쉬어라."

클로버의 말에 난 또 잠들었다.

치지지직!

어디론가 멍하니 걷고 있다.

걷는 법을 수련하고 있었는데 갑자기 이곳은 어디란 말인가?

잠깐의 의문이 들었지만 곧 정신이 맑아지며 어디로 가고 있는지를 인지한다.

섬의 어느 지점에 도착한 난 주위를 둘러보곤 바닥의 한 부분을 들어 올렸다.

클로버가 있는 천연 동굴, 아니, 동혈로 가는 길이었다.

"왔느냐?"

"예."

"이리 와보거라."

그가 뭘 하려는지 알기에 다가가 팔을 내밀었다.

내 팔목을 잡자 이질적인 기운이 들어와 몸 이곳저곳을 돌아다닌다.

"쯧! 약간의 내공이 늘었다만 여전히 부족하구나."

클로버와 계약을 하고 일 년이 넘었지만 단 한 번도 칭찬하는 걸 들은 적이 없기에 그러려니 했다.

그리고 새벽부터 밤 12시까지 쉴 새 없이 수련하는데 늘지 않았다고 해도 더 이상 어떻게 할 방법이 없었다.

"옷을 벗어라."

"네."

난 그의 말대로 옷을 벗고 그 앞에 섰다. 클로버는 무심한 얼굴로 날 보다 손을 움직였다.

퍽! 퍽! 퍽!

고요한 동혈에 오로지 매 맞는 소리밖에 들리지 않는다.

아팠지만 비명을 지를 수 없었다.

첫날 맞았을 때 입을 벌리고 약간의 신음 소리를 냈었다. 그러자 클로버는 쓸데없이 기를 낭비했다며 정말 죽기 직전까지 때렸다. 주먹이 아닌 몽둥이로 말이다.

폭력은 삼십 분이 넘게 이어졌다.

격체전공을 통해 막힌 혈도를 뚫는 수련이라는 것도 알고 클로버의 내력이 꽤 많이 소모되는 수법이라는 걸 알지만 고통은 그러한 사실을 망각하게 만들었다.

"끝났다. 심법을 행하거라."

"수고하셨습니다."

인사를 하지 않아 또다시 죽도록 맞은 적이 있었기에 인사를 하고 자리에 앉아 심법을 행한다.

역시나 격체전공으로 약해진 혈도가 두 개나 뚫려 있었다.

한 시간가량 심법을 한 후 일어나 옷을 입고 잠시 망설이다 입을 열었다.

"한 가지 여쭈어도 되겠습니까?"

"뭐냐?"

"수련을 기억하지 못하게 한 이유가 무엇입니까?"

지난 일 년 동안 궁금해하던 것이었다. 몇 가지 추측을 해 보았지만 그럴싸한 건 아무것도 없었다.

"나중에 알게 될 것이다."

"나중이라 하심은……."

"네놈이 날 이길 때 말이다. 클클클!"

뭐, 이유를 들을 수 있을 것이라 생각도 하지 않았으니 아쉬울 것도 없었다.

"감사합니다."

감사 인사를 하고 동혈을 빠져나와 거주지로 향한다.

곧 기억이 없어질 것이다. 그리고 며칠 뒤 다시 수련을 위해 이곳에 올 때 기억을 온전히 가지게 될 것이다.

멍해지며 기억이 차츰 사라진다.

치지지직!

"그 수법은 어디서 났느냐!"

대련을 하던 중 고스트에게서 빼앗은 보법을 펼치자 클로버가 버럭 화를 낸다.

"고스트를 죽이고 뺏은 겁니다."

"네놈이 놈을 죽였다고?"

"예."

"크하하하하핫! 잘했구나, 잘했어."

갑작스런 그의 반응에 어안이 벙벙해졌다. 내 표정을 읽었는지 클로버는 설명을 해줬다.

"놈은 네놈들이 섬으로 들어오기 전 이 섬에 표류한 녀석이었지. 나와 비슷한 처지라 무술을 가르쳐 줬지. 놈은 신법을 가장 먼저 배우고 싶어 했고 난 그렇게 했지. 한데 놈은 신법을 배우고 나보다 더 빨라지자마자 배은망덕하게도 도망가 버렸다. 아무리 쫓으려 해도 항상 아슬아슬하게 놓쳤는데 죽었다니 속이 다 시원하구나. 크핫핫핫!"

난 클로버의 애기를 듣고도 별다른 감흥이 없었다.

지금 나에게 했던 것처럼 그에게 가르쳤다면 도망가는 거야 당연했다. 난 그저 '그런 방법이 있었구나.' 라는 생각을 잠깐 했을 뿐이었다.

치지지직!

내력이 부글부글 끓고 있었다. 몸이 터질 듯이 부풀어 올라 힘을 쓰지 않으면 당장 터질지도 몰랐다.

고 선생님을 죽인 클로버를 찾아 그 힘을 쓰고 싶었지만 보이지 않았다. 그래서 그 힘을 풀고자 눈에 보이는 족족 죽였다.

원한이 있는 자들도 아니었고 나보다도 한참 약한 이들이었다.

죄의식은 없었다. 뇌까지 뜨거워져 피를 통해 몸을 식히지 않으면 불타 죽을 것만 같았다.

섬을 벌써 두 바퀴나 돌았는데 클로버는 없었다. 분풀이할 다른 사람들도 없었다.

"클로버어어어어어!!!"

클로버를 부르며 주변에 있는 나무들에게 힘을 소모했다.

모든 힘을 쓰고 나면 죽게 될 것이라는 걸 알고 있음에도 참을 수가 없었다.

"멍청한 놈!"

그때 클로버가 나무에서 뛰어내리며 내 뒤를 잡고 혈도를 찍는다.

"이 개새끼!"

마혈이 찍혀가는 와중에 난 몸을 빙글 돌려 주먹을 날렸다.

퍼억!

클로버라면 충분히 피할 수 있는 허접한 공격이었다. 오로지 힘만 앞세운 공격 따위로 이미 내 뒤를 잡고 혈도까지 찍은 그를 해할 수 없을 것이라는 건 나 역시 알았다.

하지만 그는 내 혈도를 마저 찍느라 미처 피하지 못하고 옆구리에 상처를 입었다.

옴짝달싹도 못 하게 되었고 부글거리던 내력도 차츰 안정을 찾아갔다.

그러나 내 분노는 여전했다.

"왜! 고 선생님을 죽였지? 당신을 돕던 그를 왜 죽였냐고!"

"……."

"그 잘난 입으로 대답 좀 해보란 말이야!"

그러나 클로버는 끝까지 입을 열지 않았다. 그저 날 바라만 볼 뿐이었고 난 그를 향해 미친 듯이 고 선생님을 왜 죽였느냐고 반복해 외칠 뿐이었다.

결국 지쳐 소리조차 지를 수 없는 상태가 되자 그제야 클로버가 입을 열었다.

"날 이기면 이유를 말해주겠다."

그리곤 그는 혈도를 풀어줬다.

"막상 풀어주니 겁이 나나? 아까 그 용기는 어디 갔나? 고 선생님의 원한을 갚겠다는 건 결국 거짓이었나?"

"으아아아! 이 개새끼야!"

클로버와의 싸움이 시작됐다. 정면 대결이라면 어느 정도 자신이 있었다.

하지만 온 힘을 다했음에도 상처까지 입고 있던 클로버를 잡진 못했다.

그가 사라진 바다를 바라보다 난 정신을 잃었다.

# 11장

## 여정의 끝

클로버가 제령섭혼술로 봉인해 뒀던 기억을 모두 찾았다.

지금까지의 의문도 대부분 풀렸고 섬에 들어가 사 년 만에 내가 강해질 수 있었던 이유도 알 수 있었다.

몇 가지 의문은 여전했지만 곧 만날 테니 그때 물어보면 될 터였다.

기억을 찾고 일어나자마자 디오네에게 귀싸대기를 맞아야 했다.

아프지 않았다. 내가 강해진 것 때문이 아니라 때리는 디오네의 손에 힘이 없어서였다.

"네가 그렇게 가고 나면 내가 살아 있다고 기뻐할 것 같

왔어!"

"원래부터 계획되어 있 …었다고 말해도 안 믿겠죠?"

"이……!"

"알아요. 무모했던 거. 용서해 줘요, 네?"

그 뒤로도 잔소리를 한참 동안 더 들어야 했다. 하지만 그 잔소리가 둘 다 살아 있다는 것의 증거였기에 기꺼이 감수했다.

"가부좌를 하고 앉아 봐요."

"왜?"

"완전히 치료가 되었는지 확인하려고요."

디오네의 등에 손을 대고 기를 밀어 넣고 그녀의 상태를 살펴봤다.

너무 많은 기를 빼앗겨 절대적인 음기의 양이 부족했고 오랫동안 강력한 음기에 노출되어 기맥과 몸 전체가 엉망이었다.

꽤나 고통스러웠을 텐데 그동안 잘도 참아왔다.

난 일단 온몸에 가득한 기운의 일부를 그녀의 단전으로 보내 반쯤 채웠다. 그리고 아직 소주천을 이루지 못한 독맥과 임맥을 따라 천천히 운기를 시켰다.

더딘 작업이었다.

모든 걸 좋아지게 만들기에는 시간이 부족했기에 일단 독맥과 임맥을 치유하는 것으로 마무리를 했다.

그리고 그녀를 눕히고 온몸을 주무르기 시작했다.

예전의 나라면 쓰러졌을 정도의 기를 듬뿍 담아 주고 있었지만 지금은 아무렇지도 않았다.

사용하는 즉시 바깥의 기운이 사용한 양만큼 채우니 평생이라도 주무를 수 있었다.

문득 내 무공 수준은 어느 정도일까 궁금해졌다.

어렴풋이 소주천 다음인 대주천 단계 이상의 것을 얻은 것 같다는 생각을 해봤지만 확실치는 않았다.

한데 다시 생각해 보니 그 궁금증을 풀어줄 사람이 없었다. 나와 가장 근접한 이가 제갈화령인데 그녀 또한 정확하게 아는 바가 없지 않은가.

'쩝! 대주천 단계든 그 이상 단계든 무슨 소용이란 말인가.'

클로버와의 일만 해결되면 평범하게 살 생각이었다. 그때 세상을 뒤집을 수 있는 힘이 있으면 뭐하겠는가.

무력이 있는 것이 없는 것보다는 낫겠지만 일정 수준 이상 되어 봐야 별 쓸모도 없었다.

아니, 누군가를 치료할 땐 필요하려나.

마사지가 끝났기에 잡생각도 멈췄다.

예전보다 훨씬 힘이 넘친다며 기뻐하는 디오네.

우리는 옷을 입고 아래층에서 기다리고 있을 제시카와 불곰을 보기 위해 내려갔다.

무사할 줄 알았다며 큰소리치는 불곰과 다행이라면서 디오네를 붙잡고 우는 제시카를 보니 살아 있어서 다행이라는 생각이 들었다.

"형님, 이거……."

외식을 하자며 옷을 갈아입으러 디오네와 제시카가 들어가자 불곰이 다소 무거운 얼굴로 스마트폰을 나에게 건넨다.

클로버의 메시지가 와 있었다.

진마오 타워에 있는 그랜드 하얏트 호텔 레스토랑으로 오라는 메시지였다.

사람들이 찾기 힘든 허름한 여관 같은 곳에 있을 거라고 생각했는데 의외의 장소였다.

"디오네는 여기 기다려 주세요. 혹 애들 내려오면 먼저 회사에 데려가 주시고요."

"정말 괜찮겠어?"

"아까도 말했잖아요."

"클로버가 널 이길 수 없을 거라고? 한데 그걸 어떻게 알아? 그가 더 강해졌을지도 모르잖아."

"그냥 알아요. 그럼, 부탁해요."

설명할 수 없지만 느낌이 그랬다.

말을 끊고 진마오 타워로 들어갔다.

호텔 전용 초고속 엘리베이터를 타자 54층 로비까진 금방이었는데 다시 호텔 내 엘리베이터를 이용해 음식점이 모여 있는 층으로 올라갔다.

약속 장소에 클로버는 없었다.

다만 반가운 세 사람이 웃는 얼굴로 맛있는 걸 먹으며 얘기를 나누고 있었다.

사람 애타게 만들어놓고 즐거운 표정들이라니……. 한마디 쏘아줄까 했지만 무사한 모습을 보는 것만으로도 기뻤기에 웃는 얼굴로 다가갔다.

"오빠?!"

가장 먼저 날 발견한 사람은 우니였다. 얼굴이 바뀌었는데도 잘도 알아본다.

"무찬아……."

"여어~ 동생!"

이어 해윤과 봉구 형이 반겨준다. 해윤은 그날 일이 생각났는지 얼굴이 발갛게 달아오르고 있었다.

오랜만에 만난 우니와 회포를 풀고 해윤의 머리를 쓰다듬으며 그녀의 옆자리에 앉았다.

"어떻게 된 거야?"

"뭐가?"

"클로버는 어디 가고 왜 너희들만 있는 거야?"

"클로버? 네 잎 클로버?"

대답을 하는 봉구 형과 옆에서 날 이상하다는 듯 쳐다보는 우니를 보고 클로버가 제령섭혼술로 기억을 조작했다는 걸 알 수 있었다.

그때 해윤이 내 귀를 당기며 귓속말을 속삭였다.

"둘은 할아버지에 대해 몰라. 여행 온 줄 알고 있어."

"클로버는 어디 있어?"

"푸싱 공원에 계셔."

푸싱 공원은 상하이 최초로 생긴 공원으로 대략 십 분 정도 거리에 있는 공원이었다.

"디오네가 아래에서 기다리고 있으니 오늘은 디오네, 제시카와 함께 상하이를 구경하는 게 어때?"

"오빠는?"

서운한 표정을 짓는 우니. 하긴 거의 이 년 만에 만나는 거니 당연했다.

"오늘만 바빠. 내일부터 모두 같이 중국의 좋은 곳 구경 다니자."

"약속 지켜."

"물론이지."

셋을 디오네에게 맡기고 난 푸싱 공원으로 향했다.

'Fu Xing Park' 라는 명판이 보이는 입구를 따라 안으로 들어갔다.

입구에 있는 안내판을 보니 서울에 있는 공원과 달리 꽤 넓은 곳이었다.

무작정 뛰어다니는 건 비효율적이었기에 감각을 열기로 했다.

굳이 감각을 열지 않아도 예전만큼의 범위는 자연스럽게 탐색할 수 있었기에 예전처럼 항상 감각을 열고 지내진 않았다.

후와!

감각을 열자 마치 헬기가 공중으로 떠오르며 땅을 촬영하는 장면처럼 순식간에 공원 전체가 손에 잡힐 듯 느껴졌다.

클로버는 자신의 기운을 감추고 있지 않았기에 금방 찾을 수 있었다.

'큰 연못이 있는 곳이군.'

공원엔 크고 작은 두 개의 연못이 있었는데 입구에서 좌측으로 가면 있는 곳이었다.

천천히 걸어 그가 있는 곳으로 향했다.

클로버는 연못 주변을 돌며 자연경관을 구경하고 있었다.

"왔느냐?"

모든 기억을 찾고 나니 막상 그에게 뭐라고 말을 해야 할지 고민하게 된다.

문득 떠오르는 말이 있었다.

"감사했습니다."

"클클. 기억을 찾았나보구나."

"예."

"그럼 한판 멋지게 해볼까?"

클로버가 자신의 기운을 감추지 않은 것은 내가 찾아오기 쉽게 하기 위함도 있었지만 주변에 사람이 접근하지 않게 하기 위함도 있었다.

사람들은 영문도 모른 채 그의 주변에서 멀어졌을 것이다.

"그보다 먼저 얘기를 하고 싶습니다."

"클클클! 나를 이기면 말해준다고 했을 텐데?"

"이기든 지든 듣지 못하니까요."

"쯧! 말재간이 제법 늘었구나. 좋다. 잠깐 함께 걷자꾸나."

두려움을 가진 채 클로버를 봤을 때는 몰랐는데 지금 보니 예전의 그와 지금의 그가 많이 다르다는 걸 알 수 있었다.

지금만 해도 그렇다. 예전이었으면 말은커녕 대뜸 주먹부터 날아왔을 것이다.

한번 다른 방향으로 보고 최근 그의 행동을 되짚어 보니 바뀌었다는 확신이 들었다.

"인질은 왜 그냥 풀어줬습니까?"

"인질이 아니라 안내자였다."

"안내자요?"

"섬에서만 지내선지 혼자 움직이기엔 힘들더구나. 한데 네가 물어보고자 하던 게 이것이었던 게냐?"

쓸데없는 걸 묻는다면 대화를 끝내겠다는 표정이었다.

까칠한 성격은 여전했다.

"그럼 궁금한 걸 묻겠습니다. 왜 천외천에 대해 직접 손을 쓰지 않으시고 저에게 원수를 갚으라 하셨습니까?"

내가 느끼는 그의 실력은 소주천 단계를 지나 대주천에 이른 단계였다. 그가 나섰다면 이미 오래전에 천외천은 망했을 텐데 왜 굳이 나에게 천외천을 없애라고 했는지 궁금했다.

"난 천외천과 아무런 원한이 없다."

"하면 왜 저에게……?"

"내 사부들의 유언이셨다."

"사부들이라면 천외천에서 배신당했던 분들을 말하는 겁니까?"

"클클클! 어찌 알았느냐?"

계획을 짜며 천외천에 대해 많은 것을 알게 되었다. 그중 마인혈사에 대한 것도 있었다. 하지만 난 이틀 전, 남궁상현에게 들어 그 사건의 진실을 알고 있었다.

"천외천의 문주인 남궁상현에게 들었습니다. 자신이 여섯 가문을 부추겨 일으킨 일이라고 하더군요."

"사부들의 예상이 맞았구나. 여섯 가문을 욕하면서 특히 그놈이 주범이라고 밤새도록 욕을 하곤 했었지. 빌어먹을 노인네들."

사부라 부르면서도 욕을 하는 모양새가 클로버는 그들에 대해 애증을 가진 것 같았다.

난 클로버가 되어 생각해 본다.

어떤 일을 당해 섬에 표류한 클로버가 배신당한 가문의 생존자에게 구출되었다.

배신당한 열 가문은 천외천에 대한 복수를 원했을 것이고 대리인으로 클로버에게 무공을 전수했을 것이다.

서양인에 나이는 이십 대. 청년 클로버를 고수로 만들기 위해 어떤 훈련을 시켰을지는 대충 짐작이 갔다.

아마 나와 비슷한 일을 겪지 않았을까 생각해 본다.

영문도 모른 채 다른 사람들의 복수를 위해 고통을 당한다?

나라고 해도 그들의 손에서 벗어난다면 복수 따윈 해주지 않았을 것이다.

"당한 것에 대한 복수로 그들의 유언을 지키지 않으려 했군요?"

"클클클클! 네놈의 머리통을 열어 보고 싶구나. 사부들이 만난 게 너였다면 좋았을 것을."

사양하겠습니다.

"난 운동이라고는 해본 적 없는 동물학자였을 뿐이다. 마다가스카르에 연구차 왔다가 연구를 끝내고 보트를 타고 휴가를 즐기게 되었지. 그러다 폭풍을 만나 표류해 그 섬에 실려 갔다. 그 후 네 말대로 사부들에게 구함을 받고 영문도 모른 채 수련을 받았다."

고개를 들어 하늘을 보는 클로버는 과거를 생각하는 나이든 노인네와 다름없이 보였다.

"십 년이었다. 아니 구 년인가? 어쨌든 그 기간 동안 난 매일 죽음을 생각했다. 네놈이 나에게 당한 정도로 생각하지 마라. 열 명에게 너보다 열 배는 더 힘들게 수련을 받았으니. 클클!"

한번 터진 클로버의 입은 닫힐 줄을 몰랐다.

십 년 동안 하나둘 사부들이 죽어갔고—죽기 전에 사부들과 수련을 했고 그가 숨통을 끊었다고 했다—마침내 혼자 남았을 때 그는 기뻐서 울었다고 한다. 하지만 며칠이 지나고 슬퍼서 울 수밖에 없었다고 했다.

혼자 남게 되었다는 걸 깨달았던 것이다.

사부가 죽고 단 육 개월 만에 그는 미쳤고 정신을 차린 건 또 다른 표류자인 고스트를 해안에서 발견한 때라고 했다.

가엾은 인간.

클로버의 사부들이 그에게 애증의 존재이듯이 클로버도 나에게 애증—사랑 정도는 아니다—의 존재였다. 하지만 한 인간으로 보자면 그는 나보다도 더 기구한 운명을 겪은 가엾은 인간이었다.

"쓸데없는 말을 많이 했구나. 이제 시작해 볼까?"

"한 가지만 더 물어볼 게 있습니다."

"쯧! 말로 지치게 할 셈이냐? 고 선생에 대한 얘기라면 날 이기고 물어라!"

"말해주시면 바로 시작하겠습니다."

"놈!"

푸드드드득!

클로버의 기세가 사나워졌다. 그리고 그의 주변이 일그러져 보일 정도로 기운을 내뿜었다.

접근하지 못하고 우리 주변을 맴돌던 새들이 그가 일으킨 살기에 일제히 하늘을 날아오른다.

"말해주십시오."

그가 나에게 쏟아낸 살기는 내 근처로 접근조차 하지 못하고 사그라졌다.

내가 굳이 고 선생님의 죽음에 대해 묻는 건 기억을 찾고 난 다음 생긴 의문 때문이었다.

고 선생님이 죽어가는 걸 본 후 난 당연하다는 듯 클로버를 의심했다. 내가 그와의 싸움을 피한 것 때문에 그렇게 되었다고 믿었었다.

그러나 클로버가 그를 죽일 이유는 없었다. 둘은 협력 관계였고 기억을 하지 못하는 나와의 싸움은 그저 더 빠른 성장을 독려하기 위한 연기에 불과했다.

난 진실을 알고 싶었다.

아니, 클로버와 싸우고 그를 죽여야 하는 이유인 고 선생님의 죽음에 대한 진실을 통해 그와의 싸움을 피하려는 속셈이었다.

"오냐, 말해주마! 내가 죽였다!"

"거짓말!"

"푸하하하! 내가 왜 거짓말을 하겠느냐! 그는 더 이상 필요없는 존재였다. 새로 섬에 들어오는 이들 중 괜찮은 놈들을 내게 데려와 주는 걸로 생명을 부지하던 놈이었다."

"거짓말……."

"그러고 보니 네놈 탓도 있겠구나. 네놈이 사부들의 복수를 대신할 수 있게 된 이상 새로운 놈들이 필요가 없고 그도 필요가 없어졌으니 말이다. 내가 죽였지만 너 역시 그를 죽이는 데 한몫했다. 그것이 진실이다!"

날 화나게 만들 생각이었다면 성공했다.

내가 이기면 말해준다니 이기면 되는 것이다.

"시작해 보죠!"

말이 끝나기 무섭게 클로버에게 접근했다.

난 강하다. 짐작일 뿐이지만 그보다도 강하다.

그러나 싸움이 시작되면 상대가 강하든 약하든 상관없이 난 최선을 다한다.

그게 지금 내가 살아 있는 이유이며 또한 내가 강한 이유이다.

강력한 기운을 머금은 주먹이 인중, 명치, 단전을 향해 뻗어나간다.

클로버는 귀령보—고스트에게 빼앗은 무공의 이름이다—를

이용해 옆으로 이동한다.

팍! 파팍! 파박!

그의 뒤에 있던 나무가 권기에 터져 나가고 박살이 나버린다.

왼쪽으로 피한 클로버의 장이 옆구리로 다가온다.

그의 장은 남궁상현에게 당한 장보다 더 많은 기운과 힘을 내포하고 있었다.

피하지 않았다. 왼쪽 팔을 안으로 빙글 돌리고 팔을 뻗는 것만으로 그의 공격을 막고 오 미터 정도 물러나게 만든다.

파앙! 쾅! 팍! 쿠웅!

그와 손발이 엉킬 때마다 죄 없는 공기가 터지고 바닥의 돌이 부서지고 나무가 패였으며 땅이 움푹 파였다.

"합!"

아무런 기교 없이 직선으로 뻗는 주먹.

담긴 힘을 느꼈는지 클로버는 두 팔을 이용해 힘을 옆으로 흘리려 했지만 부족했다.

터엉!

가슴에 맞는 순간 몸을 뒤로 날렸지만 완전히 해소를 하지 못한 채 땅바닥을 몇 번이고 뒹군다.

그런 그를 바로 뒤쫓았다.

압도적인 힘을 보여줌으로써 그의 투지를 꺾어버릴 생각이었다.

슉! 퍽!

쓰러져 있는 그를 향해 단순한 발차기를 날렸다.

빠르게 두 팔을 들어 막으려 했지만 늦었다. 얼굴에 충격을 받은 그는 다시 몇 바퀴 뒹군다.

"이래도 계속할 생각입니까?"

"…이제 시작이다."

피를 흘리며 일어난 클로버는 한쪽 입꼬리를 올리며 씨익 하고 웃었다.

"알겠습니다!"

내 말이 끝나기도 전에 이번엔 클로버의 선공이었다.

클로버가 나에 비해 절대적으로 불리한 것은 방어였다.

서로 양손과 양팔에 기를 두르고 싸우고 있지만 그의 공격에 담긴 기운은 모조리 해소되는 반면 내 공격에 담긴 기운은 해소되지 않고 방향대로 뻗는 것이다.

그러니 그의 방어는 막는 게 아니라 피하는 것이 되고 그러다 보니 자연 동작이 커지고 허점이 쉽게 노출이 되었다.

하지만 이번엔 좀 달랐다. 공방이 계속해서 이어진다.

최소한의 움직임으로 내 공격을 피하고 최단 거리로 공격을 가해온다.

그가 쓰는 무공은 나 역시도 아는 무공이다.

'철혈신안.'

파해하기 쉽지 않은 수법이다.

시간이 흐르면 당연히 나에게 유리하겠지만 공원에서 이렇게 소란을 떨고 있는데 공안이 가만히 있겠는가.

빨리 마무리를 짓는 것이 좋았다.

주먹의 속도를 좀 더 높였다. 그리고 그의 공격을 무시하고 공격을 했다.

퍽! 퍼억!

같이 한 방씩 맞았지만 피해는 당연히 클로버가 더 컸다. 그러나 그는 물러나지 않았다.

다시 한 방씩!

살짝 한 발씩 물러났다. 다시 붙는다.

'칫! 이 노인네가 눈치는 빨라서.'

죽일 마음은 없었기에 클로버가 피할 땐 권기를 마음껏 사용했지만 클로버가 피하지 못할 땐 권기를 거뒀다.

그저 힘으로만 때린 것이다.

내가 죽이지 못할 것이라는 알아버린 클로버는 마음껏 공격을 해오고 있었다.

반면 아무리 그의 공격이 미비하다곤 하지만 쌓이면 좋을 것이 없었다.

퍼퍽! 퍼퍽!

이번엔 다시 두 번씩 주먹을 교환한다.

'큭! 망할! 강하게 때려 버려?'

이번 공격은 꽤 충격이 컸다.

한 번 때려서 몸을 보호하고 있는 내력을 뭉텅 깍은 다음, 다시 같은 곳을 때렸으니 충격이 클 수밖에.

스타일을 바꿨다.

투지를 꺾을 수 없다면 혈도를 제압하면 된다!

철혈신안을 펼치고 오른손 곡지혈을 노렸다.

"클클! 조급한 모양이구나."

"전혀요!"

말과는 달리 조급했다. 이미 공안으로 느껴지는 이들이 주변에서 배회하고 있었다.

아마 추가 지원을 기다리고 있으리라.

철혈신안을 사용한다고 해도 빠르게 움직이는 클로버의 혈도를 제압하는 건 쉽지 않았다.

특히 클로버는 영악하다 싶을 정도로 대응을 잘하고 있었다.

혈도 자리를 약간씩 어긋나게만 피하며 더욱 과감한 공격을 해온다.

파각!

"크윽!"

박치기가 들어올 줄은 꿈에도 몰랐다.

눈앞이 번쩍하며 순간 시력을 잃었고 짧은 순간 십여 대의 공격을 허용해 바닥을 뒹군다.

바닥을 팔로 밀어 몸을 곧추세운 후 다시 발을 박차 거리를 벌렸다.

젠장! 코에 심은 보형물이 깨졌다.

"꼭 이러셔야 합니까?"

"클클! 나를 얕본 대가다. 무슨 수를 써서 합일의 단계에 이르렀는지는 모르지만 강한 자가 반드시 이기는 건 아니다."

"제 단계가 합일입니까?"

"궁금한 것이 정말 많은 놈이군. 그래, 신기합일의 단계다."

"그렇군요."

깨달음을 얻은 후 강해졌지만 강해진 힘을 사용하는 방법에 대해선 무지했다.

그나마 클로버와 싸움을 하며 내가 가진 힘을 차츰 알아가고 있는 중이었다.

천지합일. 누군가가 과거에 이런 경지에 이른 후 만든 이름일 것이다.

참 잘 지은 이름이다. 이름만으로 내 힘을 어떻게 써야 하는지 유추할 수 있을 만큼 말이다.

뭐든지 가능할 것 같다는 느낌이다. 깨달음 직후에도 느꼈었는데 지금은 좀 더 실체화 된 것 같았다.

"거, 거기! 꼼짝 마!"

결국 지원 병력과 함께 공안들이 들이닥쳤다.

물론 삼십 미터는 족히 넘게 떨어진 채 있었지만 말이다.

"귀찮게 됐군요."

"쯧! 고작 저깟 것들 때문에 그리 조급했던 게냐?"

"평범한 사람들이니까요."

"겁난다면 내가 처리하지."

"아뇨, 제가 처리하겠습니다."

두 사람만 있다는 것에 용기를 얻은 것인지 공안들이 슬슬 다가오고 있었다.

"뭘 중얼거리는 거냐! 닥치고 당장 손들고 엎드려! 엎드리지 않으면… 컥!"

퍼퍼퍼퍼퍼퍼퍽!

열두 명의 공안은 일제히 뭔가에 맞은 듯 몸이 공중에 떠올랐다가 바닥에 떨어졌다. 그리고 움직이지 않았다.

손을 뻗는 동작만으로 공안들을 처리한 것이다.

"끌! 평범한 사람들에게 꽤나 잔인한 짓을 하는구나."

"기절했을 뿐 죽지는 않았습니다. 처음 해보는 것이라 좀 셌나보군요."

"기공탄을 날릴 수 있다고 해서 쉽게 이길 거라는 생각은 버리는 게 좋을 게다. 방해꾼이 없어졌으니 다시 시작해 볼까!"

클로버가 발을 박차는 순간 난 스무 개의 기공탄을 만들어 그에게 뿌렸다.

기공탄은 눈에 보이지 않는다. 하지만 기에 민감한 사람이라면 충분히 느낄 수 있었다.

클로버는 피할 수 있는 것은 피하고 없는 것은 쳐내며 달려온다.

펑!

하지만 뒤이어 날아간 기공탄은 막지 못하고 다가오는 속도보다 빠르게 뒤로 날아간다.

"그만하시죠. 제가 이겼습니다."

입장이 바뀌어 내가 클로버라고 해도 쉽게 막을 수 있을 거라고 생각되지 않았다.

익숙해진다면 해법이 있으리라. 하지만 클로버도 용어만 알 뿐 처음 겪어보는 것 같았다.

별것 아니라는 듯 일어난 클로버는 아랑곳하지 않고 다시 덤벼온다.

하지만 이번엔 아까보다 한 발 더 다가왔을 뿐이었다. 다시 기공탄에 맞고 바닥을 뒹군다.

다시, 다시, 또다시…….

그는 끊임없이 일어나 다시 덤볐다.

그렇게 기공탄에 익숙해져 한 발 한 발 다가오더니 결국 방금 전에는 내 앞에까지 와 주먹을 날렸다.

하지만 그뿐이었다.

그가 익숙해지는 만큼 나도 익숙해졌고 그를 유린하려고

했다면 벌써 끝냈을 것이다.

"이만 하면 충분하지 않습니까. 그만하시죠."

"클 …클! …아, 아직 끝이 나지 않 …았다."

이미 만신창이다. 내가 만들어내는 기공탄은 주먹만큼 강하지 않다고 해도 웬만한 콘크리트 벽을 뚫을 정도다. 게다가 기공이라 내상까지 일으켰다.

힘겹게 일어나면서도 포기하지 않는 그의 모습을 보니 화가 났다. 도무지 이러는 이유를 알 수 없었기 때문이다.

"도대체 왜 이러는 겁니까, 왜! 졌다고요! 당신은 절 이길 수 없다고요! 모르시지 않는 분이 왜 이러시는 겁니까! 죽고 싶은 겁니까? 그렇게 내 손에……."

외치다 보니 그가 이렇게 막무가내로 덤비는 이유를 깨달았다.

그는 죽고 싶은 것이다.

"이… 미친……!"

죽고 싶으면 한적한 절벽에 가서 몸을 날리든가, 바다에 가서 몸을 던지든가 할 것이지 왜 나에게 죽으려고 안달인 거야!

부글부글 화가 끓었다.

복수도 끝이 나 편하게 살고자 하는데 왜 자꾸 손에 피를 묻히게 하는지 모르겠다.

"으득! 그렇게 죽고 싶다면 죽여 드리죠!"

"하하… 오너라!"

"으아아아아!"

온 힘을 다해 그를 향해 다가갔다. 그리고 오른손에 가능한 모든 기운을 담아 아래에서 위로 쳐올린다.

역시나 그는 죽을 생각이었다.

반응은 하고 있었지만 내 동작을 이끌어내기 위한 속임수 같은 움직임일 뿐이었다.

그따위 편안한 표정 짓지 마!

이 세상이 그토록 살기 싫다면… 죽기를 그렇게 바란다면…….

원하는 대로…

퍼어어어엉!

주먹이 클로버의 배에 닿는 순간 더 이상 압력을 이기지 못하고 풍선이 터지는 듯한 소리가 들렸다.

"울컥! 쿠에엑!"

내 어깨에 턱을 기댄 채 검은 색 피를 토한다.

어깨와 등이 피로 젖어갔지만 상관이 없었다. 그는 더 이상 서 있을 힘이 없는지 스르르 무릎을 꿇었다.

"그렇게… 기쁩니까?"

어깨까지 축 늘어뜨리고 무너져 있는 클로버는 미소 짓고 있었다.

"끄, 끝이니까… 이 …제 쉴 수 있으니까. 허… 허… 허."

"꼭 저여야 하는 이유가 뭡니까?"

"내가… 그랬듯이… 너, 너 또한… 그래야 하니까."

"하아! 어이없는 이유군요. 당신의 사부들이 당신의 손에 죽었다고 나까지 그래야 할 이유는 없습니다."

"크, 클… 클… 콜록콜록! 왠지 이, 이렇게 해야… 사부님들을 뵐… 수 있을 것 같았거든……."

"…죽음은 그냥 끝입니다. 천국도, 지옥도, 영혼이라는 것도 가진 자가 자신의 것을 지키려 만든 허상에 불과합니다."

"저, 정나미… 떨어지는… 녀석."

눈꺼풀이 무거운지 감기는 눈을 억지로 붙잡고 있다.

"고… 선생은… 주, 죽… 을 병에 걸렸었다. 그, 그러나 네… 놈 때문에 …더 살기를 원했다. 새, 생명을… 가, 강제로 여, 연장… 시켜, 켰던 거였다."

"…그게 진실입니까?"

"그, 그렇다. …이, 이제 …쉬 …고 …싶……."

클로버는 눈을 감았다.

지평선을 보니 마치 내 여정이 끝나는 걸 알리는 것처럼 해가 지고 있었다.

# 12장

## 그 후

삼 년 삼 개월이 지난 11월의 어느 날.

문을 두드렸다.

똑똑똑!

"들어와요."

"안녕하셨습니까, 교수님."

"어, 무찬이구나. 어서 와라. 잠깐만 거기 앉아 있어라. 이것만 마무리하고."

4학년 2학기 전공과목 담당 서정목 교수가 반갑게 맞이해 준다. 하던 일이 있는지 컴퓨터 자판을 두드리고 있었다.

난 준비해 가지고 온 건강 음료를 소파 앞 테이블에 올려놓고 소파에 앉았다.

“수업 때문에 왔구나? 후우~”

금세 마무리를 짓고 소파로 온 서정목 교수는 담배에 불을 붙이며 내가 온 목적을 정확히 짚어낸다.

“네, 취업을 했거든요.”

“어디?”

“JJ푸드요.”

“아하! 정진 그룹. 이런, 이제부터 내가 자네에게 잘 보여야 하겠는걸?”

“하… 하. 뭐…….”

“알겠네. 취업을 했으니 수업은 들어오지 않아도 좋네. 대신 앞으로 우리 학교 졸업생들 잘 부탁하네.”

해윤이와 내 관계를 짐작하고 하는 말일 것이다.

하지만 난 힘도 없고 설령 생긴다고 해도 사양할 생각이다.

그러니 힘쓸 일이 생길 것 같지는 않았다.

서정목 교수가 마지막이었다.

다른 교수들에겐 이미 양해를 구했으니 이젠 졸업식에 와 졸업장만 받으면 지겨운 학교생활도 끝이다.

중국에서 한국으로 돌아와 적당히 뒹굴고 적당히 일하면서 보내려고 했다.

하지만 이 망할 운명은 날 가만히 내버려 두지 않았다.

강제로 섭혼술을 걸었다는 약점 때문에 해윤의 명령대로 학교를 다녀야 했고 노찬성 회장의 강압에 못 이겨 결국 JJ푸드에 입사까지 하게 되었다.

내가 정 싫었으면 어떤 것도 하지 않았을 것이다.

하지만 사람과 부대끼며 사는 것도 나쁘지 않았기에 그럭저럭 만족하며 지내고 있다.

"무찬이 형! 취직했다고 들었는데 학교는 웬일이에요?"

"무찬 오빠! 양복 잘 어울려요."

차가 있는 곳으로 향하는데 후배들이 우르르 지나가다 날 보고 다가온다.

"단체로 어디 갔다 오냐?"

"점심 내기 농구 한판 하고 밥 먹으러 가는 중이에요."

"누가 이겼냐?"

"저희가요!"

표정만으로도 누가 진 팀인지 알 만했다.

여자애들까지 신 난 얼굴을 하고 있는 걸 보니 응원한 여자들의 밥값까지 내기를 했나 보다.

"종태, 이리 온."

"예, 형."

모여 있는 애들 중 가장 나이가 많은 종태—군 제대 후 복학해 3학년이다—를 불렀다.

"취직 턱이다. 애들하고 밥 먹고, 술이나 한잔 해라."

지갑에서 돈을 꺼내줬다.

"에? 아, 아니에요, 형. 저희도 돈 있어요."

"학교에서 너희들 밥 사주는 거 마지막이다. 그러니 받아!"

"…잘 먹을게요, 형."

이긴 팀이고 진 팀이고 모두 기뻐했다.

"JJ푸드 근처에 오면 연락해라. 형이 술 사주마. 간다."

복학 후, 후배들과 선배들에게 밥이나 술을 사는 데 돈을 아끼지 않았다.

큰돈도 아니었고 그들과 함께 얘기하고 술 마시는 것만으로 힐링이 되는 기분을 느꼈기 때문이다.

학교를 뒤로하고 차를 타고 도착한 곳은 음식점.

맛있게 점심을 먹고 JJ푸드 사옥으로 향했다.

이 주일 전부터 다니기 시작한 곳이라 익숙하게 내가 일하는 곳으로 올라갔다.

사업기획실.

한마디로 새로운 사업 아이템이 있는지 알아보고, 있다면 타당성 여부를 파악해 경영진에게 보고를 하는 곳이다.

물론 JJ푸드와 관련된 건만 하는 것이 아니라 전혀 다른 분야라도 가능했다.

전형적인 문어발식 확장을 꾀하는 곳이라고나 할까.

"팀장님, 오셨어요?"

"…어서 오세요, 팀장 …님."

그렇다. 노찬성 회장은 어이없게도 날 사업기획실 팀장에 앉혔다.

나보다 어린 사람은 단 한 명, 전산 업무를 맡고 있는 여직원뿐이었고 나머지 열다섯 명은 나보다 적게는 세 살 이상 많았다.

이 주일 동안 법인 카드를 마구 긁어댔지만 여전히 나를 탐탁지 않게 생각하는 직원들이 대부분이었다.

내 일만 잘한다면 언젠가는 해결될 일. 문제는 휴게실에서 뒷담화 하는 소리가 다 들린다는 것이다.

가급적 듣지 않으려고 하는데 사람 심리가 어디 그런가? 자꾸 듣게 되고 그때마다 화가 나 그들을 갈구게 되고. 악순환의 반복이었다.

조만간 휴게실을 폐쇄할 생각이었다.

"문 과장님, 중화요리 체인점에 관한 사업 계획서 컴퓨터로 올려주세요."

"예, 팀장님."

JJ푸드의 팀장은 부장급.

저들이 충분히 욕을 하는 건 당연했다.

사업 계획서는 양식은 훌륭했지만 내용은 쓰레기였다.

모니터를 부숴 버리고 싶은 계획서랄까?

다시 작성을 명했다. 이미 구체적인 계획은 머릿속에 있지만 그 내용을 결코 말해줄 생각은 없었다.

뒷담화에 대한 보복이었다.

내가 이 사무실에서 하는 일은 생각보다 많았다. 물론 모두 JJ푸드와 관련된 일은 아니었다.

그에 대해 노찬성 회장에게 확답을 받고 취업을 했기에 문제 될 것도 없었다.

디오네에게 전화를 걸었다.

—응, 무찬아.

"요즘도 알콩달콩 지내요?"

—호호! 부러우면 너도 얼른 결혼하든가.

"됐네요."

디오네는 미국으로 간 제시카와 달리 일이 끝난 후 치료를 위해 한국에 들렀다가 다시 중국으로 떠났다.

캐플러 그룹의 회장 자리를 다른 사람에게 양보하고 재작년에 일 년간 열애 끝에 청지 그룹의 진희룡 회장과 결혼을 했다.

서운한 마음이 없진 않았지만 행복한 얼굴을 한 디오네의 모습에 진심으로 축하해주었다.

—다이렌 소프트 상장 때문에 전화한 거지?

다이렌 소프트는 내가 투자를 한 회사로 주식의 30%를 소유하고 있었다.

이번에 만든 게임이 대박을 치면서 상장까지 염두에 두고 있었다.

"네, 어떻게 될 것 같아요?"

—내부적으로는 허락이 된 것 같아. 조만간 그쪽으로도 연락이 갈 거야.

전화를 하던 나는 손을 불끈 쥐었다.

이 년 전 30억을 투자했는데 게임이 성공하며 받은 배당금만 해도 원금을 이미 넘어섰다. 그런데 상장까지 되면 얼마나 벌지 모를 일이었다.

"디오네, 고마워요. 그리고 진 회장님께도 감사한다고 전해주세요."

—그이가 힘썼다고 된 일인가. 어쨌든 전해줄게. 그리고 너 언제 오냐고 그이가 묻더라. 멀지도 않은데 자주 놀러와.

부정적으로 보고 있었는데 된 걸 보면 꽤 힘을 많이 썼을 것이다.

"조만간 갈게요."

—약속하는 거다?

"안 지키면 달려올 거잖아요. 꼭 갈게요."

—그래, 꼭 와. 배 속에 조카가 너 보고 싶대.

"엥? 이, 임신한 거야? 진 회장님은… 그러니까, 그게… 음."

—인공수정이야. 이제 일 개월.

디오네는 통화만 하면 나에게 별 얘기를 다했었다. 진희룡 회장이 발기불능이라는 얘기까지.

그런데 임신이라니 내가 놀랄 수밖에.

디오네가 인공수정이라고 말해주지 않았다면 꽤나 당황했을 것이다.

"축하해요! 디오네, 뭐 가지고 싶은 거 있어요?"

—됐어. 얼굴만 보여줘.

전화를 끊고 꽤나 묘한 기분에 한참을 멍하니 앉아 있었다.

그러다 내 자신의 모습에 너무 웃겨 피식 웃고는 잡생각을 머리에서 지웠다.

과거야 어떻게 되었든 지금은 평범한 현재를 살고 있으니 그걸로 충분했다.

다시 전화를 걸었다. 이번엔 불곰이었다.

—예, 형님!

"아직도 형님이냐. 그냥 친구 하자니까."

—싫습니다. 한 번 형님은…….

"알았다, 알았어. 니 맘대로 하세요."

불곰도 현재 중국에 있었다.

나랑 같이 한국에 들어와 강동파로 갔는데 예전의 부하들이 그의 뒤통수를 쳤다.

하긴 의리라곤 쥐뿔도 없는 놈들인데 두목이 일 년 반을 넘게 외국에 있으니 욕심이 났을 테지.

한데 배신을 한 놈들은 그가 중국에서 어떤 이들을 데리고 왔는지 몰랐다.

수십 명이 넘는 북한군 특수부대원.

배신자들은 불곰을 담구려다 자신들이 담궈졌다.

그는 다시 강동파 두목 자리를 차지했지만 동생들처럼 따르던 수하들의 배신에 상심해 북한군 특수부대원 중 리더에게 자리를 양보하고 은퇴를 선언했다.

Chan's Investment를 장지민에게 팔았을 때 그도 상당한 금액의 돈을 받았기에 놀고먹어도 되는 입장이었다.

난 그런 그에게 사업을 제안했다.

그가 중국에 있을 때 관리하던 중국 조직은 여전했기에 그곳에서 두목 노릇 하며 사업을 하라고 부추겼다.

불곰은 바로 중국으로 넘어갔다.

그는 투자가 필요한 중소기업에 관한 정보를 나에게 보내줬고 난 그 자료를 바탕으로 투자처를 점찍은 후 중국으로 가 사장을 만난 후 투자를 했다.

"좋은 소식 두 가지가 있는데 뭐부터 들을래?"

—나쁜 소식은 없는 겁니까?

"없지."

—그럼 아무거나 말하시지. 첫 번째 것부터 듣겠습니다.

"다이렌 소프트 터졌다."

—으악! 정말입니까!

"그래, 얼마 안 있으면 상장 소식이 들릴 거다."

불곰은 전화상으로 고함을 지르고 난리가 났다. 불곰의 투자금액은 10억 원. 10%의 주식을 가지고 있었다.

—보트 살 수 있겠다! 야호! 예쁜 아가씨들 보트에 꽉 채워 놓고 기다리겠습니다, 형님.

보트, 보트 노래를 부르더니 결국 살 모양이다.

두 번째 소식을 듣곤 당장 달려가 축하한다고 하는 걸 겨우 말렸다.

임신을 했을 땐 좋은 것만 보는 게 좋다고 어디에선가 들었기 때문이다.

"지난번 네가 보냈던 자료에서 내가 몇 개 추려서 메일로 보냈으니까, 그곳에 대해 더 알아봐."

—알겠습니다, 형님!

유난히 기뻐하는 불곰과의 통화가 끝나고 JJ푸드 팀장으로서의 일을 다시 시작한다.

옷장에서 웅크리고 자던 습관과 선잠을 자던 습관은 완전히 사라졌다.

간혹 인기척이 느껴져 깨거나 섬으로 되돌아가는 악몽 때문에 깨긴 하지만 이젠 깊은 잠을 자게 된 것이다.

어제 클럽에서 놀다 새벽에 들어왔지만 6시가 되니 자동으로 눈이 떠졌다.

잠시 이불의 부드러움에 몸을 뒤척이다 일어났다.

오늘은 일요일. 딱히 할 것이 없었다.

해윤이가 있었다면 데이트라도 했겠지만 그녀는 지금 미국에서 MBA 과정을 밟고 있는 중이었다.

그녀가 원했고, 노찬성 회장이 원했기에 두말없이 허락했고 졸업과 동시에 떠났다.

해윤이가 온다면 나의 밤 문화 탐험은 끝이겠지만 이 년간 놀 만큼 놀았으니 밤 문화에 대해 더 이상 환상도 미련도 없었다.

커피를 들고 소파에 앉아 TV를 켰다.

뉴스는 세상에 대해 짜증과 분노를 유발하니 패스. 드라마는 사랑 타령 아니면 막장만 하니 패스. 그저 웃고 즐길 수 있는 예능 프로그램을 시청한다.

띵동!

한참 웃으며 TV를 보는데 우니에게 메시지가 왔다. 메시지를 확인하던 난 날짜를 보고 중얼거렸다.

"오늘이었나?"

아침을 같이 먹자고 했으니 서둘러야 했다.

간다는 메시지를 보내고 서둘러 씻고 옷을 입고 집을 나섰다.

우니가 머무는 곳은—봉구 형과 동거 중이다—아버지가 날 위해 만들어준 빌딩 위에 있는 집이었다.

이제는 우니 이름으로 된 빌딩이고 우니의 집이지만 말

이다.

중국으로 가기 전, 현재 내가 사는 집과 우니에게 줄 빌딩을 제외하고 전 재산을 처분해 재단을 만들었고 삼촌에게 이사장 자리를 줘버렸다.

한국에 돌아온 후 계속 나에게 이사장 자리를 준다고 했지만 삼촌이 죽을 때쯤 생각해 보겠다는 말로 계속 회피하는 중이다.

"왔어? 잠깐 소파에 앉아서 기다려. 금방 차려줄게."

부엌에서 음식을 하는 모양이다.

서미혜와 밀애를 즐길 때 썼던 곳이라 이곳에 오면 그때가 생각나지만 지금은 그저 웃고 넘길 수 있는 추억이었다.

"으드드드드! 위험하니까, 조심!"

된장찌개가 든 돌솥을 들고 오면서 별 요란을 다 떤다.

"받침! 받침!"

난 두꺼운 의학 서적을 올리려다 사나워지는 우니의 눈빛을 보곤 UFC 관련 잡지를 두 권 겹쳐 올렸다.

식탁은 금방 차려졌다.

"잘 먹겠습니다."

"에궁, 착하네, 우리 오빠."

반달눈이 되어서 엉덩이를 토닥거리다니…….

봉구 형과 어떻게 사는지 눈앞에 그려진다.

민망할까 봐 모른 척 밥에 열중한다.

"안 힘들어?"

"본과 사 년 차가 그렇지, 뭐."

원서 접수를 끝낸 의사 국가고시를 내년 초에 치르면 그때부터 인턴, 레지던트까지 참으로 갈 길이 먼데 꿋꿋하게 해나가는 걸 보면 참으로 대견하다.

"마사지 해줄까? 오빠 실력 짱인데."

"됐거든! 오빠가 가르쳐 준 호흡법을 하니 하나도 안 힘들어요!"

우니를 강하게 만들 생각은 없었다.

그래서 중국에 가기 전 건강하고 나쁜 일을 당하지 않을 정도만 가르쳤는데 이제는 웬만한 장정 서넛은 처리할 정도가 되었다.

"싫으면 마라. 그래도 동생 손은 잡아보자."

손만 잡아도 충분했다.

기운을 밀어 넣어 그녀의 몸에 뭉치거나 막힌 곳을 풀어주었다. 거기다가 기운도 듬뿍 남겨두었다.

우니는 짐짓 모른 척한다.

아침을 먹은 후 차를 마시며 일상적인 얘기를 나눴다. 물론 대부분의 얘기는 우니의 몫이었다.

그리고 그 대부분의 얘기 중 대부분이 봉구 형 얘기였다. 우니는 자신이 봉구 형에 대해 말할 때 얼마나 행복한 표정을 짓고 있는 줄 알까?

'고 선생님, 우니가 행복한 거 보이세요?'

영혼이라는 걸 믿지 않지만 오늘만은 있으리라고 믿고 싶었다.

"시작한다!"

TV에 UFC가 시작되자 우니는 쿠션을 끌어안고 시선을 고정한다.

봉구 형은 격투기 선수가 되었다.

재미 교포 '제임스 리'라는 이름으로 K—1을 제패하고 UFC로 넘어가 현재 4승 무패를 기록하며 승승장구—우니 말로는—중이었다.

"사실 봉구 형은 저기에 가면 안 돼."

"왜?"

"상대가 되지 않거든. 물론 내공을 사용하진 않겠지만 그래도 가진 사람과 가지지 못한 사람 간에 차이가 너무 많이 나."

"아니거든! 내공을 가진 자체가 그 사람의 능력이잖아. 능력을 써서 싸우는 시합이니 사용하는 게 당연하잖아! 그래도 봉구 오빠가 착해서 사용 안 하는 것뿐이라고."

"그렇게 생각할 수도 있겠네. 그래도 상대가 불쌍하다. 실제 실력이라면 한 대도 안 맞고 이길 거야. 아마 보는 눈들이 있으니 몇 대 맞아주기는 하겠지만."

"오빠는 도대체 누구 편이야!"

"나? 난 우니 편."

"뭔 헛소리야!"

슬픈 표정 짓지 말라고, 바보야.

사랑하는 사람이 맞고 터지고 하는 모습을 누가 보고 싶겠는가. 보더라도 아마 계속 눈물을 흘릴 것이다.

지난번에도 그랬고, 지지난번에도 그랬다.

그래서 아예 '봉구 형은 강하다. 그래서 맞는 것은 일부러 맞아주는 것이다' 라고 말해줌으로써 우니를 진정시키고 싶었을 뿐이다.

시합은 시작됐다. 예상대로 일방적이었다.

그래도 양심은 있는지 가급적 충격이 없는 배와 몸통만을 공격했고 내 말대로 맞아주기까지 한다.

2라운드. 결국 상대 선수는 봉구 형의 훅에 복부를 맞고 앞으로 쓰러진다.

승리를 확신한 듯 두 손을 번쩍 들었고 관중들은 그의 화끈한 시합에 환호를 보낸다.

"어라?"

카메라 감독은 남자임에 틀림없었다. 환호하며 소리치는 미인을 몇 초간 잡았는데 그 여자는 제시카였다.

"제시카다!"

우니도 봤는지 소리쳤다.

"잰 언제 또 미국에 갔대?"

제시카는 Chan' s Investment를 팔고 미국으로 갔다. 거기서 맥과 결혼할 줄 알았는데 아니었다.

제시카는 어렸고, 예뻤으며, 돈도 많았다. 그녀는 즐기면서 살기로 한 듯 세계를 돌며 남성 편력을 자랑했다.

가장 최근에 프랑스의 유명 모델과 사귀었다고 들었는데 그마저도 끝냈나 보다.

"오! 봉구 형, 제시카를 끌어안네. 뭐, 친한 오빠 동생 사이였으니 저 정도야."

"……."

"나, 간다. 필요한 거 있음 전화해라."

"…멀리 안 나갈게."

봉구 형은 한국에 오면 그의 역사상 최강의 적과 맞붙게 될 것이다.

동생을 빼앗긴 오빠의 사소한 복수였다.

나오고 나니 딱히 할 일이 없었다.

거리를 걸으며 사람을 구경하다 점심시간이 되어 맛있는 음식을 먹었다. 그리고 다시 나와 길에서, 커피숍의 테라스에 앉아 다시 사람을 구경하며 시간을 때웠다.

도시의 북적임을 싫어하는 사람은 시골을 그리워하지만 난 반대였다. 사람들의 북적임이 좋았고 그들을 구경하는 게 좋았다.

저녁이 깊어 밤이 되었다.

내 발걸음은 습관처럼 클럽으로 향한다.

해윤이가 유학을 간 뒤부터 다니기 시작했으니 햇수로 벌써 이 년째 다니다 보니 웬만한 클럽에서는 모두 내 얼굴을 알았다.

비트 넘치는 음악이 커다란 스피커에서 울려 나와 사람들의 심장을 흔든다.

적당히 빈자리에 앉자 주문을 하지 않았음에도 테이블이 세팅이 된다.

주변 테이블에 앉아 있는 얼굴들은 죄다 아는 얼굴들이었다.

사람들은 클럽 죽돌이, 죽순이라 부르지만 우리는 '클럽 매니아' 라고 부른다.

클럽에 와도 난 춤을 추지 않는다. 처음에 도전했다가 춤치임을 알게 된 후 과감하게 춤을 끊었다.

그렇다고 원나잇 할 여자를 만나러 오는 것도 아니다.

물론 자연스럽게 엮일 때는… 쿨럭!

그저 구경하는 게 좋아서였다… 쿨럭!

이제야 눈치를 챈 분들이 계실 것이다.

맞다. 난 외로움을 타고 있다. 그래서 외로움을 달래느라 거리를 배회하고 클럽을 습관적으로 오고 일에 몰두를 하는 것이다.

해윤이가 보고 싶…

"앉아도 돼요?"

감각을 활성화한다. 물론 내가 이룬 무공을 잊지 않기 위해 습관적으로 하는 행동일 뿐이다.

철혈신안을 펼친다. 늘어난 시간으로 꼼꼼히 살핀다.

성형을 좀 한 얼굴이지만 카피가 아닌 유니크 한 얼굴이었다.

"물론이죠."

그녀가 입은 옷에 대해 설명은 하지 않겠다. 클럽 오면서 정장 차림으로 오는 사람은 없으니까. 그냥 무난한 클럽 복장이었다.

같이 술을 마시며 얘기를 나눈다.

예전에 클럽 매니아였는데 한동안 오지 않다가 오랜만에 왔다고 했다.

아는 여자였고 난 조금 아는 남자였다.

"춤춰요, 우리."

"춤치예요."

"어차피 난 못 볼 거예요."

그저 뒤에 서 있으면 된다는 얘기 아닌가.

아! 이 얼마나 직설적이고 은근한 유혹이란 말인가.

오랜만에 몸의 대화를 나누려는 찰나 전화가 왔다.

빌어먹을! 말소리조차 제대로 들리지 않는 장소에서 전화

소리를 들을 수 있는 저주받은 능력.

양해를 구하고 전화번호를 확인했다.

빌어먹을! 노친네, 잠도 없나.

아! 아프리카는 지금 오후구나.

"여보세요!"

—오랜만이구나. 주위가 꽤나 시끄럽구나?

"술 한잔 하고 있어요. 한데 무슨 일이십니까, 사부?"

내가 사부라고 부를 존재는 두 명이다. 연환문의 사부님과… 맞다. 클로버였다.

마지막 주먹으로 그는 죽지 않았다. 오히려 기공탄을 통해 다친 내상을 치료해 준 것이다.

살기 싫다는데 왜 살렸냐구요?

문파의 전통이 아닐까 생각한다.

사부의 사부들이 복수를 해달라고 유언했지만 무시했듯이 나 역시 죽여 달라고 달려드는 그의 의도를 무시하고 살린 것이다.

그는 지금 아프리카에 있었다.

—돈 좀 보내다오.

"제가 은행입니까! 얼마나요?"

—백만 달러.

"그래 봐야 손에 쥐는 건 십만 달러밖에 안 되잖아요?"

클로버가 있는 나라는 원조가 가면 기득권자들이 90% 이상을 해처먹는 동네였다.

—이젠 괜찮다. 몇 놈에게 섭혼술을 걸어놨더니 내 말이라면 지나가는 소의 똥구멍도 핥겠더구나.

지독한 양반, 실제로 그렇게 시켰구만.

"백만이면 되는 거죠? 아니라면 당장 말하세요."

—클클! 제자 하나는 잘 키웠군. 여기는 큰돈 가지고 있어봐야 손해만 본다. 필요할 때 또 연락하마.

"사부……."

뚜우~ 뚜우~

자기 말만 하고 끊다니… 여전하다.

"자! 춤춰볼까요?"

나의 밤은 이렇게 또 깊어간다.

며칠 전, 해윤이 한국으로 온다는 연락을 받았다.

그게 오늘이다.

연락을 받은 날로 난 클럽을 끊고, 여자를… 쿨럭! 어쨌든 주변을 정리하고 몸가짐을 바로 했다.

입국장 문이 열리고 해윤이 자기 얼굴만 한 선글라스를 쓰고 걸어 나오고 있었다.

"해윤아!"

"무찬아!"

해윤이 달려와 안겼고 난 꽉 껴안았다.

예전이라면 사람 많은 곳에서 절대 하지 않았을 행동이었지만 이제는 제법 익숙해졌다.

해윤이를 본 건 여름방학 때 이후로 거의 오 개월 만이었다. 그러다 보니 서로 할 말이 많았다.

난 과묵한 편이고 듣는 걸 더 좋아했지만 해윤에게만은 예외였다.

우리는 입국장 앞에서 한참을 얘기를 하며 웃고 떠들었다. 결국 공항 경찰에게 주의를 받고야 입국장 앞을 벗어났다.

"가면서 얘기하자."

"응!"

해윤의 짐을 싣고 차를 출발시켰다.

"일단 아버님께 인사드려야 하니 집으로 갈 거지?"

"아니, 아빠 엄마한테는 나 내일 입국한다고 그랬어."

"엥! 그래?"

"그럼! 집에 가면 아무 데도 못 가게 할 텐데 안 되지. 오 개월 동안 굶은 자기를 위해서 거짓말했지롱… 헤헤헤!"

"잘했어!"

난 운전을 하며 해윤의 머리를 쓰다듬었다.

속였다고 헤헤거리며 좋아하는 해윤에게 노찬성 회장님이 알고 있다는 사실은 말하지 않았다.

해윤의 연락을 받고 당연히 노찬성 회장님도 알 거라 생각하고 내가 마중 가서 데려오겠다고 전화를 했었다.

한데 그는 몰랐다. 그래서 화를 낼 거라 생각했는데 의외로 그는 모른 척해주었다.

'아껴주라' 는 말만 했을 뿐이었다.

"해윤아, 앞에 대시 보드 열어볼래?"

"대시 보드는 왜?"

해윤이 대시 보드를 열자 하트 모양의 작은 풍선 여러 개가 올라오며 차 천장에 닿는다.

그리고 풍선 아래 달린 작은 우드 케이스가 해윤의 눈앞에서 흔들거린다.

"이, 이거……?"

해윤도 지금 내가 하려는 '것' 을 눈치챘을 것이다.

떨리는 손으로 우드 케이스를 잡고 여는 그녀.

안에 있는 반지를 보며 결국 눈물을 떨군다.

첫 고백하던 그날처럼 주룩주룩 흐르는 눈물이었지만 그때와는 달리 기쁨의 눈물이었다.

"나랑… 약혼해 줄래? 겨, 결혼은 아직까지 힘들고 그렇다고 그냥 연인으로만 있기엔 뭔가 아쉽고. 그러니까……."

"응! 할게! 원한다면 결혼이라도 할게!"

해윤은 몇 번이고 고개를 끄덕이며 내 고백을 받아줬다.

"받아줘서 고마워, 해윤아."

"아니, 내가 더 고마워, 무찬아. 내 생애 최고의 선물이야! 사랑해, 무찬아!"

운전을 하는 날 옆에서 껴안는 해윤.

'아니, 내가 더 고마워, 해윤아! 내가 인간으로 남게 해줘서, 그리고 평범하게 살아갈 수 있게 해줘서.'

"나도 사랑해, 해윤아!"

# 에필로그

눈이 당장에라도 내릴 듯 구름이 낮게 깔린 날씨다.

연환권을 천천히 펼치며 하루의 일과를 시작한다.

"오늘은 뭐 하지?"

해윤이 돌아왔지만 본격적인 경영 수업을 받기 시작했고 인맥을 넓히는 중이라 주말이 더 바빴다. 그래서 오늘은 혼자 시간을 보내야 했다.

언제나 특별하게 하루를 보낼 필요는 없었다.

TV를 보며 뒹굴기로 결정했다.

'누구지?'

막 집으로 들어가려는데 집 근처에서 누군가가 얼쩡거리

는 게 느껴진다.

물론 지나가는 사람일 수도 있지만 너무 평범해서 이상했다.

사람은 누구나 기를 가지고 있었고 사람마다 그 양과 성질이 조금씩 달랐고 남자와 여자도 차이가 있었다. 근데 지금 담 근처를 어슬렁거리는 사람은 남자인지 여자인지조차 알 수가 없었다.

"어?"

생각하는 사이 평범한 사람의 기가 폭발적으로 다리에 모이더니 담을 훌쩍 날아 정원으로 들어왔다.

전체적으로 쭉 빠진 몸매의 소유자.

항상 차가운 표정을 짓던 그녀가 오늘따라 환하게 웃음 짓고 있었다.

"오랜만이야, 위즐러. 아니, 무찬이라고 해야 하나?"

"화령 씨?"

너무 뜻밖의 상황. 잠깐 당황했지만 곧 정신을 차렸다.

어떻게 한국에 왔는지, 집은 어떻게 알았는지, 왜 멀쩡한 문을 두고 담을 넘어왔는지 따위가 머릿속에 맴돌았지만 지금은 그저 반가울 뿐이었다.

그래도 한때 같이 대련도 하고 일을 도모했던 사이 아닌가.

"반가워요! 정말 오랜만이네요."

"항상 무뚝뚝한 표정이더니 밝게 바뀌었네?"

"하하하! 내가 하고 싶은 말이네요. 웃는 얼굴이 보기가 참 좋아요."

추운 겨울 날씨 때문인지 제갈화령의 볼은 살짝 상기되어 있었다.

"내 정신 좀 봐. 오느라 힘들었죠? 안으로 들어가요. 한데 무슨 일로 오신 거예요?"

난 안으로 들어가자 했지만 제갈화령은 여전히 미소 지은 채 정원에 서 있었다.

그때 내가 했던 약속이 기억났다.

"아! 설마 그때 했던 약속?"

"응!"

못 말릴 여자다.

하늘에서 눈이 내린다.

그 눈이 제갈화령과 나에게 다가오다 묘한 기류에 휩싸여 어지럽게 춤을 춘다.

"그럼 중한 문화 교류를 시작해 볼까!"

제갈화령이 말했다.

"한중 문화 교류겠죠."

내가 말했다.

서로를 바라보며 같이 피식 웃고는 문화 교류가 시작된다.

**그동안 '복수의 길'을 애독해 주신 독자제현께 진심으로 감사드립니다. — 강준현** 拜上 —

『복수의 길』 완결

The Record of
Dragon's
Return

재중
귀환록

Sanctum
생텀
이영균 판타지 장편 소설
FUSION FANTASTIC STORY


취재 현장에서 맞닥뜨린 녹색 괴물.
그리고 무혁은 한 번 죽었다.

죽음에서 깨어난 무혁에게 다가온 것은
숨겨졌던 이세계, 생텀의 존재였다!

현대에 스며든 악신 투르칸의 잔인한 손길.
생텀에서 온 성녀 후보 로미와 도멜 남작을 도우며
무혁의 삶은 점차 비일상에 접어드는데…….

**이계와의 통로는 과연 우연인 것인가?**
**생텀(Sanctum)의**
**진정한 의미를 찾아라!**